O SERTÃO VAI VIRAR MAR

MOACYR SCLIAR

Altamente Recomendável — FNLIJ

O sertão vai virar mar

Editora-chefe	Claudia Morales
Editor	Fabricio Waltrick
Editor assistente	Emílio Satoshi Hamaya
Preparadora	Lúcia Leal Ferreira
Coordenadora de revisão	Ivany Picasso Batista
Revisora	Cátia de Almeida
Estagiária	Fabiane Zorn

ARTE

Diagramadora	Thatiana Kalaes
Editoração eletrônica	Estúdio O.L.M.
	Eduardo Rodrigues
Edição eletrônica de imagens	Cesar Wolf
Ilustrações	Nelson Cruz
Ilustração de Euclides da Cunha	Samuel Casal
Estagiária	Mayara Enohata

CIP-BRASIL. CATALOGAÇÃO NA FONTE
SINDICATO NACIONAL DOS EDITORES DE LIVROS, RJ

S434s
2.ed.

Scliar, Moacyr, 1937-
O sertão vai virar mar / Moacyr Scliar. - 2.ed. - São Paulo : Ática, 2008.
120p. : il. - (Descobrindo os Clássicos)

ISBN 978-85-08-12025-3

1. Cunha, Euclides da, 1866-1909 - Literatura infantojuvenil. 2. Brasil - História - Guerra de Canudos, 1897 - Literatura infantojuvenil. I. Título. II. Série.

08-3090. CDD: 028.5
CDU: 087.5

ISBN 978 85 08 12025-3 (aluno)

2017
2ª edição
11ª impressão

CL: 736570
CAE: 241532
IS: 248652

Impressão e Acabamento: Gráfica Paym

Avenida das Nações Unidas, 7221 – CEP 05425-902 – São Paulo, SP
Tel.: (0XX11) 4003-3061 – atendimento@aticascipione.com.br
www.aticascipione.com.br

APÓS UM SÉCULO, UM RETORNO AOS SERTÕES

A Semana de Cultura no colégio de Gui está próxima e a turma não sabe que trabalho fazer. Até que o professor de história lhes apresenta *Os Sertões*, que descreve a trágica Guerra de Canudos, ocorrida há pouco mais de um século, bem próximo à cidade onde os garotos moram. O clássico de Euclides da Cunha denunciava, na época, a morte de aproximadamente 25 mil sertanejos, incluindo mulheres, idosos e crianças, todos seguidores do beato Antônio Conselheiro.

Gui e sua turma se empolgam com a leitura do livro e têm uma ideia: promover uma espécie de julgamento dos diferentes pontos de vista que envolveram a tragédia, avaliando os atos de Conselheiro, o personagem principal do conflito.

Enquanto se preparam para o evento, Gui, Martinha, Gê e Queco ganham um novo colega: o misterioso Zé, vindo do sertão alagado por uma represa, do "sertão que virou mar" — profecia do líder espiritual de Canudos que se cumpriu. Pouco depois, surge uma figura ainda mais misteriosa, que deixa apreensiva toda a cidade: um novo beato, Jesuíno Pregador, está atraindo uma multidão de seguidores fanáticos para o Buraco, a vila mais pobre da região. Depois de um século da campanha de Canudos, poderia a tragédia histórica se repetir? A chegada de Zé e Jesuíno, num mesmo momento, vindos de uma mesma região, seria mera coincidência?

Em *O sertão vai virar mar*, Moacyr Scliar, um dos mais importantes escritores da atualidade, oferece ao leitor a oportunidade de conhecer um grande clássico de nossa literatura e saber um pouco mais sobre uma das maiores tragédias ocorridas no Brasil em todos os tempos. Na história de um grupo de amigos que não se rende aos preconceitos, a percepção de que na solidariedade, aliada à perseverança, pode estar a possibilidade de vitória sobre as injustiças sociais.

O editor

SUMÁRIO

1 Bem-vindos a Sertãozinho de Baixo, o lugar onde tudo aconteceu 9

2 Alguém chega para nos lembrar que o velho sertão ainda existe 15

3 Tentando entender o sertão 21

4 Descobrindo Euclides 27

5 Alguma coisa acontece 33

6 Mas não, não estava tudo bem 40

7 Entramos em Canudos 53

8 Amplia-se a guerra contra o Conselheiro... 62

9 ... E começa o conflito em Sertãozinho de Baixo 70

10 Em busca do Zé 75

11 O fim de Canudos 87

12 Ainda existem histórias que terminam bem? 103

Outros olhares sobre *Os Sertões* 109

• 1 •

Bem-vindos a Sertãozinho de Baixo, o lugar onde tudo começou

Já faz um tempo que esta história aconteceu, alguns anos, para dizer a verdade, mas só agora resolvi contá-la. Escrever é uma coisa que gosto de fazer; é uma forma de preservar a nossa memória e, até mesmo, de entender as coisas. Quando a gente põe no papel aquilo que nos aconteceu, é como se estivéssemos vivenciando de novo os acontecimentos, descobrindo coisas que antes não nos haviam ocorrido. O que, no caso da presente história, é um prazer e uma fonte de emoções. Aqui vai, pois.

Moro numa cidade chamada Sertãozinho de Baixo. Estranha, a denominação? Pois é. Muita gente achava isso, inclusive, e principalmente, na própria cidade. Gente que não gostava do "Sertãozinho" e não gostava do "de Baixo". Políticos e empresários até promoveram uma campanha para mudar o nome. Por que "de Baixo", indagavam, se não há um Sertãozinho de Cima? Mas houve, sim, uma vila com esse nome — só que desapareceu quando a área em que ficava foi inundada para a construção da grande represa de Mar-de-Dentro. Quanto a "Sertãozinho", a razão da implicância era dupla: primeiro, o diminutivo, lembrando lugar pequeno; depois, e mais importante: de maneira geral, sertão alude a um lugar agreste, distante, de gente pobre e inculta. E a nossa cidade, diziam, já tinha deixado essa situação para trás. Ainda não éramos uma metrópole, mas estávamos crescendo, progredindo. Propunham para ela o nome de Fernando Nogueira, o fundador do *shopping*, que havia falecido poucos anos antes. Um plebiscito foi feito e a maioria dos votantes optou por manter a denominação tradicional. Continuamos o Sertãozinho de Baixo. Mas com um título adicional: "Novo Sertão", expressão criada por uma agência de publicidade contratada pelo prefeito de então, Felisberto de Assis, um político veterano e de não poucas ambições. Na apresentação da campanha, que incluía prospectos, cartazes coloridos e até filmetes para tevê, explicou o publicitário encarregado, um carioca chamado Josino Albuquerque ("descendente de baianos, e com muito orgulho"):

— O objetivo desta campanha é transformar o limão em limonada: o que antes era a imagem do atraso, hoje pode ser o começo de uma riqueza. Sertão, sim. Geograficamente falando, sertão. Mas é um outro sertão, o sertão que vai em frente, o sertão gerador de riquezas. Enfim: o Novo Sertão!

O que provocou mais discussão. Muita gente achou aquela história de "O Novo Sertão" frescura, coisa para impressionar ingênuos. No jornal às vezes aparece a expressão, às vezes não. O nome da cidade é que ficou.

Polêmicas e campanhas à parte, Sertãozinho de Baixo era, e é, um lugar bom de morar. Meu pai, por exemplo, sempre gostou daqui. Agora aposentado por doença (tem uma artrite rebelde e incapacitante), foi, durante muitos anos, o delegado de polícia. Era respeitado, mas não temido; ao contrário, as pessoas o admiravam, consideravam-no um homem sábio. Para ele, manter a ordem não queria dizer meter medo às pessoas. Acreditava muito mais no diálogo — mesmo com delinquentes. Uma vez um assaltante entrou numa agência bancária. Cercado, e muito nervoso, disse que só sairia de lá morto. Meu pai, sozinho e desarmado, entrou no lugar. Conversou por mais de uma hora com o assaltante e por fim saiu trazendo-o pelo braço. O homem chorava como uma criança e declarou ao jornal que fora convencido pelo delegado, "homem de coração de ouro".

Meu pai tem razão: a cidade é agradável, pacífica. E antiga: tem mais de trezentos anos, como se constata pela bela igreja e pelo casario colonial. Antiga, mas não atrasada: nos últimos anos, surgiram também fábricas — uma delas muito grande, a Indústria Têxtil Coroado —, novas lojas, o *shopping* Nogueira... E também prédios de apartamentos e até algumas mansões.

Mas há muita pobreza. Sempre houve. No lugar chamado Buraco — uma enorme vila popular que tem mais de trinta anos —, as casinhas até hoje são humildes, as condições de vida, muito duras. Em outras cidades, bairros assim são o reduto de traficantes, de criminosos. Não em Sertãozinho de Baixo. Na nossa cidade, pobreza sempre esteve mais associada à resignação do que à violência. "O que se vai fazer, é a vontade de Deus" era uma frase que se ouvia comumente.

Esse tipo de atitude deixava meu amigo Geraldo Camargo, o Gê, muito irritado. Para ele, os pobres deveriam se revoltar, mostrar sua inconformidade, lutar por seus direitos. Escreveu até um poema intitulado "A resignação é o ópio do povo". Gê era o presidente do grêmio estudantil — e um líder muito combativo. Volta e meia brigava com a direção do colégio, para grande consternação do pai, Henrique Camargo, dono de uma loja de roupas no *shopping*. "Não entendo meu filho", queixava-se a meu pai, que era seu confidente — aliás, confidente de muitas outras pessoas também.

O Colégio Horizonte, a escola particular em que estudávamos, era o melhor da cidade. Na época, não tinha muitos alunos, cerca de quinhentos, de modo que quase todo mundo se conhecia. Gê e eu éramos colegas de aula — e amigos de infância. Criança ainda, Gê — que hoje é vereador, o vereador mais jovem da cidade — começou a mostrar sua vocação política. Quando criamos nosso time de futebol, imediatamente assumiu a liderança, ainda que não fosse o melhor jogador — o melhor jogador, modéstia à parte, era este que vos fala. Nos trabalhos em grupo tomava a iniciativa e distribuía as tarefas. Nunca hesitou em brigar por aquilo que considerava certo. E nunca desistiu de me envolver em política. Tentava motivar-me, emprestando-me livros e folhetos, mas a mim tal tipo de literatura não interessava muito. O que deixava o Gê muito irritado:

— A gente precisa ter ideais! A gente precisa mudar o mundo, Gui!

Gui — Guilherme Galvão — sou eu. Até hoje o pessoal me trata por esse apelido. Doutor Gui — formei-me em medicina no ano passado —, mas Gui, de qualquer jeito. Gê e Gui: os apelidos eram parecidos, mas fisicamente éramos bem diferentes. Eu era alto; ele, baixinho. Eu era um garoto calmo, coisa que deixava minha mãe intrigada:

— No campo de futebol você corre de um lado para o outro — observava —, em casa você é um molenga.

E acrescentava, irônica:

— Pelo menos na hora de arrumar o seu quarto.

Gê, elétrico, não parava quieto. Gostava de falar — e falava bem; discurso era com ele mesmo. Queria ser advogado e chegou a entrar numa faculdade em Juazeiro, que fica a algumas dezenas de quilômetros de Sertãozinho. Mas interrompeu os estudos para se candidatar à Câmara de Vereadores. Exatamente como o professor Armando tinha previsto:

— O Gê ainda vai ser um líder político nesta cidade.

O Armando era o nosso professor de história. Excelente professor. Para ele, história não era só decorar datas de batalhas ou nomes de generais e de presidentes. "História", dizia, "é extrair lições do passado e aplicá-las ao presente".

Como professor, era extremamente criativo. Por exemplo, quando estudamos escravatura, organizou uma encenação que serviu de ponto de partida para um debate: de um lado, um fazendeiro argumentando que, sem a mão de obra escrava, não tinha condições de produzir; de outro lado, um industrial da cidade defendendo ideias abolicionistas.

Atualmente, Armando não apenas leciona como também apresenta um programa de rádio, chamado "A história hoje", em que fala de acontecimentos do passado — a Guerra do Paraguai, por exemplo — como se estivessem acontecendo no presente: "Na minha frente, os navios imperiais...". É bom nisso. Enfim, um cara animado, divertido, além de inteligente, culto, ponderado. Não acredito muito em gurus, mas, se acreditasse, diria que ele foi, para nós, um guru.

Contudo, não era uma unanimidade, em Sertãozinho de Baixo. Havia quem não gostasse dele, como o Fernando Nogueira, dono do *shopping* e, na época, presidente da Câmara de Comércio da cidade. Para ele, o Armando não passava de um esquerdista cujo objetivo era "confundir as mentes dos nossos jovens". Na Associação de Pais e Mestres, da qual era também presidente, Fernando chegou a pedir que o professor fosse desligado da escola. Mais uma vez meu pai, que estava na reunião, salvou a pátria. Mostrou que o Armando não estava doutrinando ninguém, estava ensinando os alunos a dialogar:

— E diálogo nunca fez mal a ninguém. Ao contrário: o diálogo é a ginástica da inteligência. Se ginástica para o corpo é importante, por que não fazer ginástica para a mente?

Todo o mundo riu, e até o próprio Fernando reconheceu que havia exagerado. "Sou meio preconceituoso", disse.

Não era o único. Preconceito, infelizmente, existia no chamado Novo Sertão. Havia quem não gostasse de sertanejo, de nordestino em geral. A cidade fica na entrada do sertão da Bahia, mas muita gente achava que estávamos mais para Sudeste do que para Nordeste.

O Horizonte era, porém, um colégio democrático. A diretora, professora Arlete, veterana no cargo, não se cansava de enfatizar:

— Aqui somos todos iguais, não importa a cor da pele, não importa a procedência, não importa a religião.

Nunca tivemos problemas a esse respeito. Até que ocorreu um incidente. E esse incidente — assim como seus desdobramentos — foi como que um desígnio do destino para que testássemos nossa capacidade de tolerância. E com ele começa também a minha história.

• 2 •

Alguém chega para nos lembrar que o velho sertão ainda existe

Um dia, a diretora entrou na nossa sala de aula acompanhada de um garoto magrinho, franzino, meio desengonçado. Apresentou-o:

— Gente, este aqui é o novo colega de vocês, o José Gonçalves. Ele acaba de se mudar para a cidade. Peço que vocês o recebam bem, e que o ajudem no que for necessário.

Normalmente um pedido como aquele teria sido até desnecessário. Em geral, acolhíamos com prazer o pessoal que vinha de fora, o que não era muito frequente; foi, por exemplo, o caso do Peter, filho de um engenheiro inglês que veio para cá contratado pela usina hidrelétrica e decidiu ficar na cidade com a esposa e os dois filhos, Peter e Ernest. O Peter aprendeu a falar português e logo se integrou na turma da escola. Formou-se em economia. Hoje é um brasileiro cem por cento — sabe até preparar vatapá e acarajé. Quem prova os seus pratos diz que é autêntica cozinha baiana.

Mas havia qualquer coisa no Zé Gonçalves, ou Zé, como logo veio a ser chamado, que nos perturbava. Ele era feio, o coitadinho, e a voz dele, fanhosa, trêmula, parecia um balido de cabrito — aliás, alguns o chamavam de Zé Cabrito. Mas isso, claro, não seria um problema — afinal, ninguém precisa ser galã de novela, ninguém precisa ter voz de tenor. O problema real era outro: Zé representava, para nós, um mistério. Um mistério completo. Para começar, era, como logo constatamos, um garoto reservado, caladão. Nunca faltava às aulas, nunca chegava atrasado, nunca deixava de entregar os trabalhos. E quase sempre permanecia em silêncio. Falava só quando tinha de falar — respondendo às perguntas dos professores. Nessas ocasiões saía-se bem, mostrava um conhecimento que nos impressionava; sem dúvida, era inteligente e estudioso.

No recreio, ficava sozinho em um canto, comendo a merenda — um sanduíche que trazia de casa — e lendo um livro. Era um grande leitor. Logo se tornou o maior frequentador da biblioteca, para grande alegria de dona Alcívia, a bibliotecária, que adorava leitores dedicados. Como o Zé.

Da vida dele, sabíamos muito pouco. A irrequieta Martinha, nossa colega, que tinha, como dizia o Armando, "uma grande vocação para o jornalismo investigativo", andara fazendo perguntas por conta própria. Descobrira que o Zé era da região de Sertãozinho de Cima, aquela que fora inundada. Na ausência da mãe — ausência inexplicada —, o pai o criara, mas, a certa altura, e por razões não bem esclarecidas, sumira também. Depois de algumas andanças, viera morar com uma velha tia em nossa cidade.

— E a tia? — indaguei. — O que diz a tia?

— Pelo que me informaram, é uma mulher velha e esquisita, que não fala com estranhos. A ela não dá para perguntar nada.

Os professores notavam o isolamento de Zé e sugeriam que o procurássemos, mas era inútil. Enfim, parecia um caso para psicólogo.

Essas coisas eu comentava com meu pai, na mesa do almoço. Em geral ele ouvia sem dizer nada: meu pai também não era de falar muito. Uma vez, porém, sugeriu:

— Por que você não traz esse garoto para almoçar aqui em casa?

Olhei-o, surpreso. Tanto papai como mamãe sempre foram pessoas acolhedoras. Mamãe, a propósito, até hoje enfermeira-chefe de nosso pequeno hospital, tem uma vocação natural para cuidar de gente. Volta e meia tínhamos convidados para o almoço ou para a janta. Mas confesso que a sugestão do papai me soou um tanto estranha. Eu não conseguia imaginar o Zé sentado ali, junto conosco, batendo papo. Notando minha indecisão, papai insistiu:

— Meu palpite é que esse garoto precisa de companhia, de amigos. Só isso.

Assim, no dia seguinte, na escola, procurei o Zé. Era a hora do recreio e lá estava ele, sob uma árvore, comendo seu sanduíche, o livro sobre os joelhos — mas o olhar longe, perdido. Aproximei-me, toquei-lhe o braço. Sua reação foi inusitada. Levou um susto tão grande que deixou cair o sanduíche. Chateado, pedi-lhe desculpas. "Não foi nada", murmurou, "essas coisas acontecem". Achando que iria me reabilitar, convidei-o para almoçar em nossa casa.

Olhou-me com ar de dolorosa surpresa:

— Almoçar? — repetiu. — Almoçar em sua casa?

— É. Almoçar. A gente ia gostar muito, eu, meu pai e minha mãe.

Ele baixou os olhos e ficou uns instantes sem dizer nada. Depois me olhou com uma expressão de tristeza que me surpreendeu — e impressionou:

— Desculpe, Gui. Eu agradeço muito o convite de vocês, mas não posso aceitar.

— Não pode aceitar? Por que não?

— Porque não. Desculpe.

Insisti:

— Escute: se tem algum alimento que você não pode comer, é só dizer, não há problema.

— Não. Não tem nada a ver com comida.

Àquela altura, eu estava francamente intrigado. Queria continuar a conversa, descobrir o que estava havendo. Mas a campainha já soava: era o fim do intervalo. Sem uma palavra, ele se levantou e voltou para a sala de aula.

No fim da tarde fui até a lanchonete do Alfredo, onde a nossa turma costumava se reunir. Ali já estavam, como de hábito, o Gê, a Martinha, mais o gordinho Queco. Filho do dono do *shopping* — de uma família endinheirada, portanto —, vestia-se bem e era bom de conversa, o que não quer dizer que tivesse muitos amigos: não raro era meio irônico, agressivo até, coisa de que muita gente não gostava. Mas Martinha, Gê e eu convivíamos com ele desde o jardim de infância. Acabamos nos acostumando, e, apesar de sua agressividade, ele continuava ligado ao grupo, ao menos naqueles papos de fim de tarde.

Vendo-me chegar, Martinha foi logo perguntando:

— O que é que você estava conversando com o Zé no intervalo?

Hesitei um instante, mas acabei contando o que tinha acontecido. Quando terminei, todo o mundo ficou em silêncio, num surpreso silêncio.

— Sei não — disse Martinha, por fim, sacudindo a cabeça. — Para mim o cara parece meio esquisito, meio misterioso...

— Misterioso coisa nenhuma — disse o Queco, com aquele seu sorrisinho debochado. — Essa gente é assim mesmo.

— Que gente? — perguntou o Gê, testa franzida.

— Essa gente que vem lá das grotas, lá do sertão. Tudo ignorante, tudo grosso.

— Espere um pouco — protestei. — Você não vai dizer que o cara recusou o meu convite porque é grosso.

— Não? E por que foi, então? Porque vocês não têm mordomo, é por isso? Não. O Zé Cabrito é um grosso. Aposto que o pai dele era cangaceiro.

— Acho que você está sendo injusto — eu disse. E Gê acrescentou:

— Não só injusto: preconceituoso.

— Meu Deus, que palavra complicada — ironizou o Queco. — E poderia o caro colega dizer-me como descobriu que sou preconceituoso?

— Por sua linguagem. "Essa gente"! Quem é "essa gente"? — perguntou Gê.

— Você sabe. Essa gente do interiorzão. Das grotas. Do sertão — respondeu Queco.

— Ah! A gente do sertão. E em que eles são diferentes de nós? — desafiou Gê.

— Em muita coisa, cara. Você tem um exemplo nessa história do Gui: você acha que algum de nós recusaria um convite para almoçar? — E, rindo, acrescentou: — Na casa do delegado?

— Mas espere um pouco — ponderou Martinha. — Quem sabe o rapaz tem algum motivo para isso...

— Motivo nenhum, Martinha. O motivo eu já disse qual é: grossura, só isso — concluiu Queco.

A essa altura, o ambiente já estava ficando tenso. É que, embora colegas, e amigos, Gê e Queco eram também rivais. Os dois haviam disputado a presidência do grêmio estudantil. Queco, derrotado (e por larga margem de votos, como era de esperar), não se conformara, e de vez em quando alfinetava o Gê, cuja tolerância para essas coisas não era muito grande. De modo que a discussão poderia até acabar em briga, o que felizmente não aconteceu: nesse momento chegaram o Armando e sua mulher, Cíntia, também professora, de literatura. Os dois eram frequentadores do Alfredo, cujo sanduíche é muito bom.

— Ouvi os gritos lá da esquina — disse Armando. — O que é que vocês estão discutindo?

Contei o que tinha acontecido com o Zé e sobre a discussão que havíamos tido. Armando e Cíntia escutavam, comendo o sanduíche que, nesse meio-tempo, o Alfredo tinha trazido.

— Qual sua opinião? — perguntei, quando Armando acabou de comer.

Ele ia responder, mas Cíntia o interrompeu:

— Desculpe, Armando, mas eu conheço você e sei que se começar a falar a conversa vai longe. Acontece que temos de voltar para casa, estou esperando um telefonema de minha mãe, que vai ligar de São Paulo. Por que vocês não continuam essa conversa lá em casa?

— Boa ideia — disse Armando. — Mesmo porque há uma coisa que quero mostrar a vocês.

• 3 •

Tentando entender o sertão

Armando morava a uns três quarteirões dali, numa casa modesta, mas muito bonita, com um jardim na frente — jardim que era o orgulho de Cíntia.

Entramos, sentamos na sala de visitas, que não era muito grande. Nas quatro paredes, prateleiras com livros. Livro, aliás, era coisa que não faltava naquela casa. Armando extraiu um livro de uma das prateleiras:

— Acho que vocês conhecem, não é?

Claro que conhecíamos: *Os Sertões*, de Euclides da Cunha. Para começar, o próprio nome do autor nos era familiar: Euclides da Cunha é o nome de uma cidade próxima à nossa, em homenagem ao grande escritor. Além disso, a campanha de Canudos ocorreu a cento e poucos quilômetros de Sertãozinho de Baixo; tanto que meu bisavô, já falecido, lembrava de ter ouvido relatos a respeito, de testemunhas oculares. Sem contar que o próprio Armando nos falara várias vezes daquela obra — essencial, segundo ele, para entender o Brasil. Agora: isso não significava que muitos alunos tivessem lido *Os Sertões*. A maioria achava-o um livro difícil, principalmente por causa da linguagem. O que explicava a apreensão do Queco:

— Você não vai ler esse livro para nós agora, vai?

— Não se assuste — disse Armando, com um sorriso. — É um trecho pequeno.

Folheou o livro, encontrou a página que procurava e leu:

— "O sertanejo é, antes de tudo, um forte. Não tem o raquitismo exaustivo dos mestiços, neurastênicos, do litoral.

"A sua aparência, entretanto, ao primeiro lance de vista, revela o contrário. Falta-lhe a plástica impecável, o desempeno, a estrutura corretíssima das organizações atléticas.

"É desgracioso, desengonçado, torto. Hércules-Quasímodo, reflete no aspecto a fealdade típica dos fracos. O andar sem firmeza, sem aprumo, quase gingante e sinuoso aparenta a translação de membros desarticulados. Agrava-o a postura normalmente abatida, num manifestar de displicência que lhe dá um caráter de humildade deprimente."

Fez uma pausa e perguntou:

— O que é que vocês acham?

— Para o meu gosto, é complicado — disse Martinha. — Estilo meio rebuscado... Ouvi dizer que esse livro nasceu de uma reportagem, não é isso?

— É. Euclides da Cunha foi enviado para Canudos pelo jornal *O Estado de S. Paulo* para fazer a cobertura da campanha militar contra Antônio Conselheiro.

— Então? Se o cara foi lá como jornalista, eu esperava que ele escrevesse uma coisa mais direta, mais... objetiva — comentou Martinha.

Cíntia, que escutava a conversa, observou:

— Desculpem, mas quero dar a minha contribuição. Jornalístico, como você diz, o texto não é. Na verdade o livro foi escrito depois que Euclides retornou de Canudos. Ele passou os anos de 1898 a 1901 no interior de São Paulo, em São José do Rio Pardo — estava lá como engenheiro, supervisionando a reconstrução de uma ponte. Foi nesses três anos que ele escreveu o livro, que foi publicado em 1902, aliás com grande sucesso. Não é só o relato da campanha; Euclides contou o que viu — e contou muitíssimo bem —, mas acrescentou, ao que viu, seus próprios comentários, suas próprias reflexões.

— Que são importantes — acrescentou Armando. — Euclides era um homem muito culto, familiarizado com as coisas da ciência; não esqueçam que era engenheiro de formação, e que ciência, sobretudo naquela época, era sinônimo de progresso, o antídoto da crendice.

— Eu acho — observou Gê — que a primeira frase é genial. Olhem só: "O sertanejo é, antes de tudo, um forte". Quer dizer: ser forte é a primeira e grande qualidade do sertanejo. Do sertanejo só, não: do brasileiro. O que o nosso povo aguenta não é mole, gente. É pobreza, é doença, é desemprego, é desigualdade social... Tem de ser forte mesmo.

— Qual é, cara? Vê se nos poupa do comício! — disse Queco.

— Para você é comício — respondeu Gê, desabrido. — Para os pobres não é. Pergunta para aquela gente do Buraco se isso que eu falei é comício.

— Calma, pessoal — era a Martinha. — Vamos deixar a briga de lado e voltar ao nosso assunto. Posso ver o livro, Armando?

Armando deu-lhe o livro. Ela procurou o trecho lido:

— Não entendo muita coisa do que está escrito aqui. O que é "desempeno"?

— É ser ágil, elegante — disse Cíntia.

— Ah... E que história é essa de "Hércules-Quasímodo"? — quis saber Martinha.

— Hércules era aquele herói da mitologia grega, fortíssimo, corajoso. Já Quasímodo é um personagem feio e disforme que aparece em *O corcunda de Notre Dame*, do escritor francês Victor Hugo. Quer dizer, o sertanejo é a combinação dessas duas figuras.

— Mas afinal — perguntei — o Euclides da Cunha está ou não elogiando o sertanejo?

— Está. Mas está generalizando também. A gente vê isso quando ele diz que o mestiço — filho de branco com índio, de branco com negro — é raquítico. O raquitismo na verdade é uma doença dos ossos, causada pela falta de cálcio. Mas usa-se a palavra *raquítico* como sinônimo de magro, miúdo, fraco. Ah, sim, e dizia que o mestiço era neurastênico. *Neurastenia* era um termo da moda, muito usado por médicos e também pelas pessoas em geral. *Neurastenia* quer dizer "fraqueza dos nervos". Achava-se, naquela época, que a mestiçagem resultava em seres humanos inferiores, tanto do ponto de vista físico como psicológico; eram, para usar o termo de então, "degenerados". O próprio Euclides diz que a mistura de raças muito diferentes é prejudicial, que a mestiçagem é um retrocesso.

— Ele diz isso? — Gê, testa franzida. — Mas que coisa mais atrasada! Eu estava achando o cara um gênio...

— Vamos com calma — disse Armando. — O Euclides da Cunha era um homem de seu tempo, refletia as ideias de sua época. E, de fato, raça era um conceito muito usado então. O que eles achavam ruim era a mistura das raças. Agora, lendo o livro, vocês observam que o autor vai mudando de ideia. Vocês sabem que se trata de uma campanha militar contra os seguidores de Antônio Conselheiro. Muita gente, naquela época, achava que aqueles "fanáticos", como eram chamados, deveriam ser exterminados. Euclides, como eu disse, era um homem de ciência e também se posicionava contra essas seitas. Mas a frase que termina o livro é muito reveladora: "É que ainda não existe um Maudsley para as loucuras e os crimes das nacionalidades...". Esse Maudsley a que se refere Euclides é Henry Maudsley, um psiquiatra inglês da época que ficou famoso por ter sustentado que doentes mentais deveriam ser tratados como seres humanos, o que raramente acontecia: para a loucura, usava-se a violência, a camisa de força, essas coisas. Mas, voltando ao sertanejo: vocês viram que, pela descrição do Euclides, não se tratava de nenhum tipo físico maravilhoso, nenhum galã de cinema. Isso apenas na aparência, como ele mostra a seguir.

Leu:

— "Basta o aparecimento de qualquer incidente exigindo-lhe o desencadear das energias adormidas. O homem transfigura-se. Empertiga-se, estadeando novos relevos, novas linhas na estatura e no gesto; e a cabeça firma-se-lhe, alta, sobre os ombros possantes, aclarada pelo olhar desassombrado e forte; e corrigem-se-lhe, prestes, numa descarga nervosa instantânea, todos os efeitos do relaxamento habitual dos órgãos; e da figura vulgar do tabaréu canhestro, reponta, inesperadamente, o aspecto dominador de um titã acobreado e potente, num desdobramento surpreendente de força e agilidade extraordinárias."

— Você não quer traduzir para nós, Cíntia? — perguntou Martinha.

— Com prazer — disse a professora, rindo. — Euclides está dizendo que, havendo um incidente — um boi foge, alguém o provoca para uma briga —, o sertanejo transforma-se por completo. A aparência dele muda, ele já não parece um "tabaréu canhestro", quer dizer, um sujeito incompetente, que não sabe fazer as coisas; agora ele é um titã...

— O que é isso? — quis saber Gê.

— Titã? Era um gigante da mitologia grega, um ser muito grande e muito poderoso — respondeu Cíntia.

— Ou seja: o sertanejo aparenta uma coisa, mas é outra — concluiu Martinha.

— Só se for para o Euclides — disse Queco. — Eu não mudei de opinião. Acho essa gente do nosso interior um atraso. E acho que esse Zé Cabrito é um exemplo disso. Ele é igual àquela descrição que o Armando leu primeiro. Com uma diferença: para mim, não tem nenhuma energia escondida nele. Aliás, acho que não tem nada escondido nele. O cara é oco. Bota aquela pinta de bom aluno, mas a mim não engana.

— Pois eu penso diferente — retrucou Gê. — Acho que o Zé é um ser humano como a gente, e acho que ele tem um problema. Um problema que nós não sabemos qual é. Mas temos de descobrir, para poder ajudar o cara.

— E como é que você vai ajudar um cara que recusa um convite para almoçar na casa do filho do delegado? — Queco, debochado. — Esse cara não quer ser ajudado, Gê. E não quer ser ajudado porque é esquisito.

— Ou quem sabe ele é esquisito porque não é ajudado? — Gê, irônico. — Quem sabe você precisa de umas aulas com esse Maud... Maud o quê, Armando?

— Maudsley — completou Armando, rindo.

A discussão poderia se prolongar indefinidamente, mas, olhando o relógio, vi que já era tarde.

— Vamos deixar os nossos professores descansarem — sugeri. — Outro dia a gente continua esse papo.

E fomos embora. Eu ia levando comigo *Os Sertões*, que Armando tinha me emprestado — felizmente, para mim, ele tinha outro exemplar. Sempre gostei de ler — minha mãe conta que, se eu gostava de um livro, varava a noite lendo-o — e a obra de Euclides despertara minha curiosidade. Mas, até aquele momento, era só um livro a mais. Não imaginava o papel que, nas semanas seguintes, a obra de Euclides desempenharia em minha vida. Na vida de todos nós.

• 4 •

Descobrindo Euclides

Nos dias que se seguiram, dediquei-me a ler *Os Sertões*. Não era, como já tínhamos constatado, uma leitura fácil. Euclides da Cunha foi um homem de grande cultura e escrevia para leitores cultos como ele, num vocabulário erudito, sem fazer muitas concessões. Mas a verdade é que se trata de um grande narrador. Mesmo quando descreve uma paisagem, por exemplo, está contando uma história: a história de como surgiram os rios, os montes. E ele conhece muita coisa. Até mapas fez, para ilustrar o seu texto.

Pelo índice, constatamos que o livro está dividido em três partes: "A terra", "O homem", "A luta". Assim, eu já sabia que na primeira parte Euclides descreveria o cenário em que ocorreu a campanha de Canudos; na segunda, falaria do tipo humano que habita essa região, o sertanejo — ali estava o trecho que Armando nos lera; na terceira parte, abordaria a campanha contra Antônio Conselheiro e seus seguidores.

Com esse plano em mente, fui lendo e, à medida que lia, meu interesse aumentava. Decidi copiar no meu diário os trechos que achei mais interessantes. Vocês talvez estranhem o fato de eu ter um diário, mas isso vem desde a infância. Para não me deixar sozinho em casa (sou filho único), mamãe levava-me consigo às rondas que fazia no hospital. Eu ficava no posto de enfermagem, enquanto ela visitava os doentes. Quando ela voltava, escrevia num grande caderno de capa azul as suas observações. "Este caderno conta boa parte da minha vida", costumava dizer. Quando aprendi a ler, mostrou-me algumas de suas observações: "Este paciente precisa ser mudado de posição de hora em hora", ou "Esta paciente precisa receber mais líquidos, senão vai ficar desidratada". Tempos depois, já no colégio, encontrei numa livraria um caderno idêntico. Comprei-o imediatamente e, imitando mamãe, comecei a fazer anotações: coisas que estavam acontecendo, problemas que enfrentava, comentários sobre livros, filmes, programas de tevê. Era uma espécie de diálogo que mantinha comigo próprio. E o hábito ficou. Com a leitura de *Os Sertões*, enchi várias páginas de meu diário com trechos do Euclides da Cunha, colocando entre parênteses o significado das palavras que achava difícil (na presente narrativa, transcrevo esses trechos). Anotava também comentários e dúvidas, para depois discuti-los com o Armando, a Cíntia e outros professores.

O que me fascinava em Euclides era a maneira como ele correlacionava a geografia com a história, o lugar em que as pessoas viviam com o modo de vida que levavam nesse lugar. Claro, olhando para uma casa, a gente pode deduzir o tipo de pessoa que mora ali; mas fazer isso em relação a um país, que é bem maior e bem mais complicado do que uma casa...

Quando saímos do litoral e avançamos pelo interior brasileiro, o que a gente vê não é muito animador: "Quebra-se o encanto de ilusão belíssima. A natureza empobrece-se, despe-se das grandes matas; abdica o fastígio [a elevação] das montanhas; erma-se [fica deserta] e deprime-se — transmudando-se nos sertões, exsicados [ressecados] e bárbaros, onde correm rios efêmeros [que desaparecem na seca], e desatam-se chapadas nuas, sucedendo-se, indefinidas, formando o palco desmedido [grande demais] para os quadros dolorosos das secas".

Já no sertão o que vemos é "o martírio da terra, brutalmente golpeada pelos elementos variáveis, distribuídos por todas as modalidades climáticas. De um lado, a extrema secura dos ares, no estio, facilitando pela irradiação noturna a perda instantânea do calor absorvido pelas rochas expostas às soalheiras [ao brilho e calor mais intenso do sol], impõe-lhes a alternativa de alturas e quedas termométricas repentinas; e daí um jogar de dilatações e contrações que as disjunje [separa], abrindo-as segundo os planos de menor resistência. De outros, as chuvas que fecham, de improviso, os ciclos adurentes [abrasadores] das secas, precipitam estas reações demolidoras".

Ou seja: o sertão é seco e, durante o dia, muito quente. O calor faz com que as rochas se dilatem. De noite, a temperatura baixa, as pedras se contraem — e aí se rompem. Depois vem a chuva torrencial e completa a "demolição" da qual fala o Euclides. Ele até compara a paisagem ao deserto do Saara, por seus estranhos, fantásticos efeitos. Como o que provocou no cadáver de um soldado:

"Estava intacto. Murchara apenas. Mumificara conservando os traços fisionômicos, de modo a incutir a ilusão exata de um lutador cansado, retemperando-se [refazendo-se] em tranquilo sono."

Quer dizer: o calor e a secura haviam transformado o cadáver do pobre soldado em uma múmia, como aquelas múmias egípcias que a gente vê em museus. Fiquei imaginando o susto do cara que passasse por ali e desse de repente com aquele corpo seco, ainda vestindo a farda rasgada...

Atravessar a caatinga do sertão, garante Euclides, é ainda mais difícil do que atravessar o deserto ou uma estepe:

"Nesta, ao menos, o viajante tem o desafogo de um horizonte largo e a perspectiva das planuras francas.

"Ao passo que a caatinga o afoga; abrevia-lhe o olhar; agride-o e estonteia-o; enlaça-o na trama espinescente [com espinhos] e não o atrai; repulsa-o com as folhas urticantes, com o espinho, com os gravetos estalados em lanças; e desdobra-se-lhe na frente léguas e léguas, imutável no aspecto desolado: árvores sem folhas, de galhos estorcidos e secos, revoltos, entrecruzados, apontando rijamente no espaço..."

Eu conhecia a caatinga; ela começava a alguns quilômetros de nossa cidade. Às vezes meu pai tinha de viajar por ali, e me levava. Eu ficava impressionado olhando aqueles arbustos com espinhos, aquelas árvores subdesenvolvidas. Mas para mim aquilo era só uma paisagem, nada mais. Quando li o Euclides, tive a visão da caatinga como uma armadilha — não para os sertanejos, que são do lugar, mas para os soldados que viriam combatê-los. A caatinga limita a visão da pessoa, dificulta o seu deslocamento; fere-o com os espinhos e com as "folhas urticantes", isto é, folhas que, como a urtiga, produzem um líquido que queima a pele (isso eu sei agora; na ocasião, tive de perguntar ao professor de ciências).

Euclides compara a caatinga com a floresta. Na floresta, diz Euclides, "há uma tendência irreprimível para a luz" — os cipós sobem pelos troncos das árvores porque estão, por assim dizer, em busca dos raios do sol. Na caatinga, ao contrário, o sol "é o inimigo que é forçoso evitar, iludir". As plantas procuram, como ele diz, enterrar-se no solo; só que o solo não deixa, é seco, é duro. Resultado: os vegetais ali não se desenvolvem como na floresta. Plantas que são "altaneiras noutros lugares, ali se tornam anãs".

Euclides fala de um "martírio secular" da terra, que, por sua vez, resulta em martírio para os seres humanos que ali vivem. É esse ser humano que ele descreve na segunda parte do livro. Que começa tentando responder a uma pergunta: quem é, afinal, o brasileiro? Como ele se caracteriza fisicamente? Questão difícil, por causa da mestiçagem entre os três principais grupos que formaram a nossa gente, os índios, os negros, os brancos. O brasileiro surge assim de "um entrelaçamento consideravelmente complexo", diz Euclides. Conta-

-nos então como surgiu o sertanejo. O sertão foi o ponto de encontro de vários grupos: dos paulistas que vinham do sul, seguindo o rio São Francisco, e dos "baianos" que vinham do norte. Dessa "mistura" provém o sertanejo. E de que vivem os sertanejos? A agricultura só é possível nas margens de uns poucos rios; eles, então, criam gado. Não para si próprios, não para suas famílias, mas para os donos das fazendas, que moram longe, "no litoral, longe dos dilatados domínios... Herdaram velho vício histórico. Como os opulentos sesmeiros [proprietários de sesmarias, de terras] da colônia, usufruem, parasitariamente, as rendas das suas terras, sem divisas fixas. Os vaqueiros são-lhes servos submissos".

Quando comentei esse trecho com Armando, ele disse:

— Aí você vê como Euclides tinha o senso da história. Para explicar o latifúndio em nosso país, ele volta aos tempos do Brasil colônia, quando as terras foram divididas em sesmarias e distribuídas pelos reis de Portugal. Os donos das sesmarias não trabalhavam, simplesmente viviam do arrendamento da terra. A mesma coisa acontece com os fazendeiros: eles dão para os vaqueiros um quarto das reses, e estamos conversados. Isso, meu caro, é a origem do problema agrário no país: a terra não pertence a quem trabalha. E aí você entende também por que tanta gente foi embora do Nordeste: simplesmente não tinham como sobreviver. E com a seca, então, a desgraça é muito maior.

Euclides mostra o sertanejo diante da seca:

"A princípio este reza, olhos postos na altura. O seu primeiro amparo é a fé religiosa. Sobraçando os santos milagreiros, cruzes alçadas [levantadas], andores erguidos, bandeiras do Divino ruflando [agitando], lá se vão, descampados em fora, famílias inteiras — não já os fortes e sadios senão os próprios velhos combalidos [enfraquecidos] e enfermos claudicantes [de passo vacilante], carregando aos ombros e à cabeça as pedras do caminho, mudando os santos de uns para outros lugares.

"O sertanejo resiste o quanto pode, cavando a terra em busca de água, tenta buscar nas folhas e raízes das plantas um pouco de líquido. A seca continua, inclemente. Não há outro jeito, senão ir embora. Como outros.

"Passa certo dia, à sua porta, a primeira turma de 'retirantes'. Vê-a, assombrado, atravessar o terreiro, miseranda, desaparecendo adiante, numa nuvem de poeira, na curva do caminho... No outro dia, outra. E outras. É o sertão que se esvazia.

"Não resiste mais. Amatula-se [junta-se] num daqueles bandos, que lá se vão caminho em fora, debruando de ossadas as veredas e lá se vai ele no êxodo [na fuga] penosíssimo para a costa, para as serras distantes, para quaisquer lugares."

Mas volta, diz Euclides. Passada a seca, o sertanejo volta, para a mesma vida, para as mesmas privações — até que outra seca o expulse de novo. Ou então até que alguma coisa aconteça.

• 5 •

Alguma coisa acontece

— Alguma coisa está acontecendo lá no Buraco — disse meu pai.

Estávamos à mesa do almoço, e até então eu estivera falando sobre o livro de Euclides. Ele escutava, mas distraído, como se estivesse absorto em seus pensamentos.

— Você está meio distante, Jorge — observou mamãe.

Ele nos olhou e foi aí que disse a frase, "alguma coisa está acontecendo lá no Buraco". Uma frase que depois recordaríamos como o começo de um episódio que mexeu com a cidade inteira.

— E o que está acontecendo? — perguntei.

— Não sei exatamente — disse meu pai. — Parece que tem um cara estranho por lá.

— Um bandido? Um traficante?

Ele sorriu:

— Não. Traficante, não. Você sabe que traficante é coisa rara por aqui.

Bateu na mesa com os nós dos dedos, como para afastar o azar:

— E esperamos que continue assim. Não, não é um traficante. E também não é um bandido. É um pregador.

— Um pregador? E de que religião?

— Não sei. Mas parece que ele não pertence a nenhuma religião organizada. Pelo jeito está agindo por conta própria.

— Talvez queira fundar sua própria Igreja — sugeriu mamãe. — Talvez queira ganhar dinheiro à custa da credulidade dos outros.

— Não sei — suspirou meu pai. — Francamente não sei.

— Mas eu não entendo sua preocupação — continuou mamãe, servindo-lhe a salada. — O que é que tem a ver um delegado com pregadores? Pregar não é crime, é?

— Não. Mas...

— Mas, o quê? Fale, homem!

— Deixa pra lá — disse meu pai, com um suspiro. — É que a coisa me parece um pouco estranha, só isso. E você sabe que os meus pressentimentos funcionam.

Disso sabíamos. Foi o caso com a mansão do Diogo Siqueira, por exemplo, um empreiteiro que tinha enriquecido com a construção da usina e que morava numa casa enorme, espalhafatosa. "O Siqueira está pedindo um assalto", dizia papai. E não deu outra. Meses depois, um bando de assaltantes que passava pela cidade, vindo do norte, assaltou uma casa — qual? A do Siqueira, claro. Foi uma coisa tão fulminante que papai não pôde fazer nada. Mas se recriminava: "Eu deveria ter prevenido o Siqueira...".

O caso agora, porém, era diferente: "Um pregador não é um assaltante", dissera mamãe. No momento, ao menos, não havia perigo. Mudamos de assunto e logo esqueci aquela história. Mesmo porque tinha outra preocupação: a Semana de Cultura do colégio, um evento no qual alunos apresentavam sua própria produção artística e cultural (peças de teatro, conjuntos musicais, pinturas, esculturas...), estava se aproximando, e eu queria promover alguma coisa sobre *Os Sertões*. Mas que coisa? Uma mesa-redonda? Não, a ideia não me agradava, eu queria algo mais vivo, mais animado. Resolvi consultar o Armando.

— Por que você não promove uma, digamos, "avaliação histórica" sobre Canudos? — sugeriu ele.

— Como assim? Um debate? — perguntei.

— É, mas um debate incrementado, uma espécie de julgamento, ou um confronto de pontos de vista diferentes.

Achei boa a ideia e naquela tarde, no Alfredo, submetia-a à turma. Todo o mundo gostou, inclusive Queco. Que se ofereceu para fazer o papel de acusador:

— Não gosto desse tal de Antônio Conselheiro. Esse cara foi um desastre para a nossa região. Por causa dele, até hoje sertão é sinônimo de fanatismo. Essa imagem deve ter afastado muito investidor. É o que diz o meu pai, e estou com ele.

— Bom, se você vai atacar o Antônio Conselheiro — disse Gê, meio na gozação —, eu vou ter de me encarregar da defesa dele.

— Era o que eu esperava — retrucou o Queco, desafiador. — Aliás, você é meio parecido com o Antônio Conselheiro. Só que a barba dele era comprida e a sua é curta, ralinha. Barba de aprendiz de fanático. É isso que você é: um aprendiz de fanático.

Gê, irritado, já ia se levantar e partir para a agressão, mas Martinha e eu conseguimos acalmá-lo.

— Vamos voltar ao assunto — propôs Martinha. — Esse debate é uma boa ideia. Mas exige algumas providências. Como é que a gente vai proceder, na prática?

Discutimos longamente e por fim chegamos a algumas conclusões. Além do "promotor" Queco e do "advogado de defesa" Gê, precisaríamos de um juiz, a quem caberia sobretudo manter a ordem no debate: Armando, claro. E, em vez de jurados, o "veredito" seria decidido por votação do pessoal que assistisse à atividade.

— Falta um detalhe — disse Martinha. — Quem vai apresentar o "caso" Antônio Conselheiro?

— Só pode ser o Gui — disse Queco. — Esse cara agora passa o tempo todo lendo *Os Sertões*. Garanto que ele sabe mais do assunto do que o próprio Euclides sabia.

— Mas o Gui não pode fazer isso sozinho — disse Martinha. — Precisa de ajuda. Porque temos de botar a coisa no papel, não é? Nisso você pode contar comigo, Gui. Quando se trata de escrever, sempre topo. Mas acho que a gente ainda vai precisar de mais alguém.

Ou seja: a coisa toda daria trabalho. Mas eu estava entusiasmado: tinha a esperança de ganhar o prêmio de Melhor Realização Cultural — uma coleção de clássicos brasileiros e de CDs.

Mas quem poderia nos ajudar com o resumo do texto? Cheguei a comentar o assunto com meus pais, no jantar. Papai tinha uma proposta:

— Convide o garoto novo.

— O Zé? — perguntei, espantado.

— Ele mesmo. É a oportunidade de vocês se aproximarem dele. Não é?

— Talvez...

Talvez: eu não sabia como o Zé receberia o convite. E não tinha ideia de como ele se sentiria num grupo do qual fazia parte o Queco — o Queco que, eu tinha certeza, não pouparia o garoto de uma ou outra frase irônica. Mas valia a pena tentar.

No dia seguinte, procurei o Zé no intervalo. Ali estava ele, sob a sua árvore, comendo o seu sanduíche e lendo seu livro. Aproximei-me:

— Tudo bem, Zé?

Estremeceu, como se tivesse sido atacado. Depois sorriu:

— Ah, é você, Gui. Você me deu um susto, cara.

— Desculpe, não foi minha intenção. Seguinte: tenho um convite para você.

— Um convite? — A expressão dele era mais de temor do que de surpresa. — Convite para quê?

Expliquei-lhe o nosso projeto, disse que queria sua ajuda. Relutou:

— Não sei, Gui... Acho que não funciono muito bem em grupo...

— Mas é por isso que estou convidando você, cara. Você não acha que está na hora de sair desse isolamento? E tenho certeza de que sua contribuição será importante.

Pediu um tempo para pensar. Concordei:

— Mas não pense muito, cara. Temos de começar a trabalhar logo. E queremos você, não esqueça.

Mais tarde, quando já estávamos saindo do colégio, ele se aproximou de mim. Olhou-me:

— Topo. Pode contar comigo.

Aquilo era uma grande notícia — e provava que meu pai realmente sabia das coisas. Resolvi aproveitar a deixa e convidar o Zé para ir comigo até o Alfredo:

— A gente se reúne lá todos os fins de tarde. Vamos aproveitar e conversar sobre o trabalho.

De novo, ele hesitou:

— Não sei... É que moro longe...

— Deixa disso, cara. Vamos até lá.

Fomos. Meu único temor era que o Queco resolvesse fazer graça à custa do rapaz. Mas Queco não tinha vindo. Naquela tarde, seu pai estava dando um coquetel para empresários e exigira a presença dele.

Gê e Martinha mal conseguiram disfarçar a surpresa quando nos viram. Martinha certamente teria mil perguntas a fazer ao Zé, sobre sua vida, sobre o lugar de onde ele vinha, sobre seus pais... Mas se contiveram, os dois. Contei, então, que o Zé iria participar do nosso trabalho, ajudando a fazer o resumo da obra de Euclides. Gê ergueu o copo:

— Isto merece um brinde. Ao novo membro do nosso grupo!

Zé sorriu, ainda meio contrafeito, e eu tive medo de que ele se chateasse com aquelas efusões todas. De modo que optei por mudar de assunto:

— Temos de discutir como vamos fazer esse resumo. Proponho que a gente leia o livro, seguindo um roteiro de perguntas sobre Antônio Conselheiro. Quem era? Por que se rebelou? Qual o seu papel na rebelião? Coisas assim. Que tal?

— Acho muito bom — disse Martinha. — Mas vai exigir tempo e trabalho. Para começar, a gente tem de ler *Os Sertões*. Que aliás eu nem tenho. Mas já sei que posso encontrá-lo na livraria. Amanhã mesmo vou lá.

— E você, Zé? — perguntei.

Ele vacilou:

— Bem... Eu já li o livro.

Aquela era incrível.

— Você já leu *Os Sertões*? — Gê, boquiaberto.

— É. — Mexeu-se na cadeira, contrafeito, e continuou, como que se desculpando. — Você sabe, eu sou daquela região, a região que Euclides da Cunha descreve no livro. Então, sempre tive muita curiosidade pela obra...

— Ah, é verdade — disse Gê. — Você é de lá... Do sertão. Fale um pouco para a gente: como era a sua vida lá?

Zé começava a ficar inquieto. Olhou o relógio:

— Desculpem. Isso vai ter de ficar para outro dia. Agora tenho de ir. Estou atrasado, acreditem.

Levantou-se, apanhou a mochila.

— Quem sabe nós vamos na mesma direção — disse Gê. — Onde é que você mora?

Uma pergunta inocente, mas que fez Zé baixar a cabeça. E respondeu, depois de uma longa pausa:

— No Buraco — disse, por fim.

Aquilo era uma surpresa. Uma constrangedora surpresa, para dizer a verdade. Todos nós ali, Gê inclusive, éramos garotos de classe média. Nenhum de nós morava no Buraco. Nenhum aluno de nossa escola morava no Buraco. Zé, pelo visto, era exceção. Mas tivemos todos o bom-senso de não demonstrarmos nossa estranheza.

— Tudo bem — eu disse. — Amanhã a gente se vê na escola. E eu gostaria de marcar a nossa primeira reunião. Vamos fazer isso na semana que vem, assim a Martinha terá tempo de ler *Os Sertões*. A gente poderia se encontrar na terça-feira de manhã, na minha casa. Trabalhamos um pouco, depois almoçamos e vamos juntos para a escola.

Temi que Zé fizesse alguma objeção — afinal já tinha recusado um convite para almoçar —, mas não, ele aceitou.

Voltei para casa muito contente. Parecia que estava tudo bem.

• 6 •

Mas não, não estava tudo bem

Durante o jantar, contei a novidade: o Zé tinha se reunido com a gente. Pensei que meu pai iria ficar muito contente — afinal, ele tinha insistido tanto para que o convidássemos — e, de fato, ele manifestou sua satisfação, mas logo em seguida voltou a ficar silencioso.

O que me deixou preocupado. Eu sabia muito bem que o trabalho de um delegado de polícia não é fácil. Embora a cidade fosse pacata e meu pai gozasse de muito prestígio, tinha alguns inimigos: gente que ele prendera e que jurara vingança, por exemplo. Mamãe temia particularmente um sujeito conhecido como Manuel Tranca-Pés, que ficara vários anos na cadeia por homicídio. Todos os anos, no Natal, esse Manuel Tranca-Pés mandava uma carta para meu pai: "Este é o seu último Natal". Mamãe entrava em pânico, papai gracejava:

— Não se preocupe, eu conheço o Manuel, essa é a forma que ele encontrou de me desejar Boas-Festas.

Uma ou duas vezes tivera também problemas políticos. Uma ocasião, prendera um receptador de coisas roubadas. Acontece que esse receptador trabalhava de comum acordo com um conhecido comerciante da cidade — um cunhado do prefeito. As pressões sobre papai foram muito grandes, mas ele não se intimidou e levou o cara a julgamento.

Estaria papai enfrentando alguma situação desse tipo, alguma ameaça? Foi o que perguntei, um tanto receoso. Mamãe encarregou-se de responder:

— Não. Ameaça, não. Mas seu pai está preocupado com a situação no Buraco.

— Que situação? — Àquela altura eu já tinha até esquecido a conversa de dias atrás.

— O pregador — disse meu pai. — Ele está atraindo cada vez mais gente para cá. Hoje mesmo chegou um caminhão cheio de gente. E todas essas pessoas estão se instalando no Buraco. Montam barracas com lona plástica e lá ficam.

— Mas escute — eu disse — este é um país livre. As pessoas podem morar onde quiserem, não podem?

— Podem — disse meu pai. — A questão é saber por que escolheram um lugar tão precário como o Buraco. E a questão também é saber o que pretende o Jesuíno Pregador — esse é o apelido que lhe deram.

— E não dá para perguntar o que ele pretende?

— Já perguntaram. O pessoal da rádio. Ele não responde. Diz que sua missão é secreta, e sagrada, e que só fala com seus discípulos de confiança. Ou com Deus.

Sorriu:

— O que não é o meu caso, evidentemente.

Mudou de assunto, começou a falar do jogo daquela noite: o time da cidade, o Sertãozinho, enfrentaria o seu grande rival, o Guaxupé. Era o grande clássico da região.

— Você quer ir comigo?

Claro que eu queria. Em primeiro lugar, eu era — sou — louco por futebol. Mais importante, senti que papai precisava de minha companhia, da companhia de seu filho. De modo que, naquela noite, resolvi deixar Euclides da Cunha de lado. Fomos ao jogo, no estádio do Sertãozinho — cheio, naquela noite —, torcemos bastante, vibramos com a vitória do nosso time, e eu fiquei contente de ver papai alegre, descontraído, conversando com amigos, recebendo cumprimentos e abraços. Voltou para casa feliz. Eu também.

No fim de semana fomos, o Gê, o Queco, a Martinha, sua irmã Rafaela e eu, acampar nas margens do Mar-de-Dentro, a grande represa. Aquele era um programa habitual para os moradores da região. Afinal, estamos na boca do sertão, muito longe do litoral: oceano Atlântico, para nós, só de vez em quando. Mas, nas margens da represa, havia uma espécie de praia, um lugar de areia fina e onde a companhia construtora da represa tinha plantado coqueiros, numa tentativa de imitar o litoral. Tinha até nome o lugar — Praia do Sertão —, o que pode parecer meio contraditório, mas acabou pegando. Havia ali hotéis, restaurantes e um ancoradouro onde se podia alugar barcos e pedalinhos.

Para lá seguimos de ônibus. Acampamos, jogamos futebol, nadamos, andamos de barco — mas a Martinha não deixou de ler o livro do Euclides, que tinha trazido. Voltamos domingo à noite.

Para meu desgosto, encontrei papai de novo preocupado: naquela tarde, Jesuíno Pregador tinha organizado um enorme encontro de crentes. Falava-se, disse meu pai, de mil pessoas, de duas mil pessoas, de cinco mil até. Enfim, a coisa estava crescendo.

Eu queria saber mais sobre o assunto, mas estava cansado demais para perguntar. Fui dormir e, naquela noite, tive um sonho muito estranho. Sonhei que estava à beira da represa, como estivera durante o dia, mas completamente sozinho. De repente, das águas começavam a emergir estátuas, milhares de estátuas de cangaceiros, todos com aquelas vestimentas características, todos de facão na mão. Acordei suando frio e não consegui mais dormir. Lembro-me que cheguei até a amaldiçoar o livro do Euclides: essa coisa está me dando pesadelos.

A verdade, porém, é que estava fascinado pela leitura — e entusiasmado com o evento que estávamos organizando, o debate sobre Antônio Conselheiro. Na terça-feira, como combinado, Martinha apareceu lá em casa entusiasmada, já tinha lido boa parte do livro:

— Fiquei acordada até de madrugada. Só espero não adormecer em cima da mesa.

Ah, sim, e tinha preparado as anotações, que me mostrou com orgulho:

— Fiz o meu dever de casa direitinho. Você viu como sou boa aluna?

Faltava o Zé, que já estava atrasado uma boa meia hora.

— Será que o cara esqueceu? — perguntou Martinha, intrigada.

Uma coisa me ocorreu: fui até a janela da frente, espiei por ali. Não deu outra: lá estava o cara, parado, evidentemente indeciso se deveria ou não entrar. Que sujeito complicado, pensei. E, abrindo a porta, chamei-o:

— Entra logo, Zé. Estamos só esperando por você.

Olhou para os lados — como se esperasse socorro de alguém — e finalmente entrou, meio intimidado. "Muito bonita, a sua casa", disse, com sincera admiração. O que me deu o que pensar. Nossa casa é absolutamente comum, modesta, mesmo. Mas muito mais modesto deveria ser o lugar em que ele morava.

Sentamo-nos à mesa.

— Como é que vamos fazer? — perguntei.

— Agora que já sei alguma coisa do livro, cheguei à conclusão de que temos de nos deter em três pontos — disse Martinha. — Primeiro, quem foi Antônio Conselheiro; segundo, o que era Canudos; terceiro, qual foi a reação das autoridades. Que tal?

A ideia era boa. Agora tínhamos de colocar aquilo no papel, sob a forma de um resumo.

— Isso significa — continuou Martinha — que teremos de ser neutros, isentos. Mais isentos que o Euclides, até.

A pergunta seguinte era: por onde começar? Zé já tinha lido o livro. Martinha e eu conhecíamos a primeira e a segunda partes; decidimos ir direto ao trecho em que Antônio Conselheiro aparece pela primeira vez no livro.

E ele aparece num momento crucial.

Euclides acabava de comentar os horrores da seca. Não por coincidência, a parte seguinte trata das crenças do sertanejo, que ele descreve como "misticismo extravagante, em que se debate o fetichismo do índio e do africano. É o homem primitivo, audacioso e forte, mas ao mesmo tempo crédulo, deixando-se facilmente arrebatar pelas superstições mais absurdas. Uma análise destas revelaria a fusão de estados emocionais distintos. A sua religião é, como ele, mestiça". Em seguida, Euclides cita personagens de lendas brasileiras: o Caapora, o Saci, o Lobisomem, a Mula sem cabeça...

Martinha fez uma observação:

— Euclides diz que o misticismo do sertanejo é extravagante. Mas isso, eu acho, é opinião dele. O que é extravagante para uma pessoa não é extravagante para outra. Eu acho comida chinesa extravagante, mas os chineses devem achar extravagante a nossa comida brasileira. Além disso, como ele mesmo diz, existe a questão da seca, da pobreza, da fome. Eu, se vivesse numa situação assim, acreditaria em qualquer coisa. Vocês não?

Discutimos um pouco o assunto — na verdade Martinha e eu discutimos, porque Zé continuava calado. Fizemos algumas anotações e fomos adiante.

Depois de falar das crenças do sertanejo, Euclides aborda um tema importante: o messianismo. Ele mostra como, em meio ao sofrimento, surge a esperança de um Messias capaz de salvar as pessoas da catástrofe. Isso já existia em Portugal; Euclides fala no sebastianismo e nas profecias de Bandarra.

Sebastianismo? Bandarra? O que era aquilo? Nem eu, nem Martinha sabíamos. Ela sugeriu que olhássemos na enciclopédia.

Não foi preciso. Zé sabia do que se tratava. Com seu jeito modesto, foi explicando: sebastianismo referia-se à esperança de que Dom Sebastião, o jovem rei de Portugal desaparecido numa batalha contra os mouros no século XVI, reaparecesse para trazer de volta ao país sua antiga glória. Já Bandarra era um sapateiro de Trancoso, Portugal, cujas trovas proféticas mantinham viva a esperança desse futuro glorioso.

Martinha e eu nos olhamos, surpresos. O quietinho Zé estava se revelando um verdadeiro professor.

— De onde é que você sabe essas coisas? — perguntei.

Ele meio que desconversou: tinha lido a respeito num velho livro que pertencia à sua família.

Passado o assombro, continuamos. Euclides conta como a esperança messiânica chegou ao Brasil: "Trouxeram-na as gentes impressionáveis que afluíram para a nossa terra". E, no Brasil, ocorreram mesmo movimentos messiânicos, como o da Pedra Bonita, em 1837. Dizia-se que, quando essa pedra (que fica na Serra Talhada, em Pernambuco) se quebrasse, dela emergiria o rei Dom Sebastião. Originou-se, no lugar, um grande movimento místico no qual se faziam até sacrifícios humanos, para que a pedra se quebrasse. Em 1850, no sertão do Cariri, surgiu um outro movimento messiânico, o dos Serenos. Acreditando que o fim do mundo estava próximo, "foram pelos sertões em fora, esmolando, chorando, rezando... e como a caridade pública não os podia satisfazer a todos, acabaram roubando".

Por que Euclides fala dessas coisas? Ele compara o trabalho do historiador ao de um geólogo. Da mesma forma que o geólogo, estudando as rochas, pode dizer o que aconteceu no passado, o historiador só pode avaliar uma figura histórica "considerando a psicologia da sociedade que o criou". E, em matéria de psicologia, Euclides não tem nenhuma dúvida: para ele, Antônio Conselheiro era maluco. Dúvida tínhamos nós, porém:

— Se o cara era maluco, como tinha tantos seguidores? — perguntou Martinha. — Será que eram todos malucos também?

Sobre isso Euclides não fala. Mas ele nos conta a história do Conselheiro, cujo nome completo era Antônio Vicente Mendes Maciel. Era do Ceará. Sua origem: "Os Maciéis, que formavam, nos sertões entre Quixeramobim e Tamboril, uma família numerosa de homens válidos, ágeis, inteligentes e bravos, vivendo de vaqueirice e pequena criação". Os Maciéis eram rivais dos Araújos, "que formavam uma família rica, filiada a outras das mais antigas do norte da província. Esta rivalidade não raro se transformava em luta sangrenta". Euclides descreve como um tio de Antônio, Miguel Carlos, mesmo cercado por membros da família rival, consegue escapar, matando vários inimigos.

Não parece que o pai de Antônio Conselheiro, Vicente Mendes Maciel, tenha participado dessas lutas. Era dono de uma casa de comércio em Quixeramobim. Ali trabalhava Antônio, como caixeiro. Euclides se vale de testemunhos para retratá-lo como um "adolescente tranquilo e tímido, retraído, avesso à troça". Tinha três irmãs, das quais cuidava muito. Tanto que só depois do casamento delas procurou uma esposa para si próprio. "Um enlace que lhe foi nefasto", diz Euclides: "A mulher foi a sobrecarga adicionada à tremenda tara hereditária que desequilibraria uma vida iniciada sob os melhores auspícios [expectativas]".

Tropeçamos naquela "tara hereditária". O que queria aquilo dizer? De novo o Zé tinha uma resposta:

— Tara era como eles chamavam certos tipo de doença mental, que deixavam a pessoa retardada. Ou então pessoas com problemas sexuais...

— Os tarados... — comentei.

— É. O pessoal acreditava que as taras fossem hereditárias: passavam dos pais para os filhos.

— Você sabe um bocado — comentei, sinceramente admirado.

— Nem tanto. Gosto de ler, só isso...

Continuamos a leitura. Euclides diz que, depois de casado, Antônio Maciel começou a trocar de cidade e de emprego: foi para Sobral, como caixeiro; depois para Campo Grande, como escrivão no juizado; depois Ipu, onde trabalhou no fórum.

— No fórum? — admirou-se Martinha. — Mas então o cara não era tão inculto assim.

— Até latim ele sabia — informou o Zé.

Mas Euclides não tem grande consideração para com esse tipo de trabalho. Diz ele: "Nota-se em tudo isto um crescendo para profissões menos trabalhosas, exigindo cada vez menos a constância do esforço".

Segundo ele, Antônio estava descambando para a "vadiagem franca". O que deixou Martinha indignada:

— Espera aí, gente! Trabalhar no fórum é vadiagem? Meu tio trabalha lá e não é nenhum vadio! E o Gê, que quer ser advogado? Ele é vadio, também?

— Talvez fosse esse o conceito naquela época — ponderei. — Ou talvez fosse o ponto de vista pessoal do Euclides.

Resolvemos: no nosso resumo simplesmente colocaríamos que Antônio havia mudado de cidade e de emprego, sem fazer nenhuma observação sobre isso. E aí, novo incidente, que, para Euclides, foi decisivo:

"Foge-lhe a mulher, em Ipu, raptada por um policial. Foi o desfecho. Fulminado de vergonha, o infeliz procura o recesso dos sertões, paragens desconhecidas, onde não lhe saibam o nome; o abrigo da absoluta obscuridade.

"Desce para o sul do Ceará.

"Ao passar em Paus Brancos, na estrada do Crato, fere, com ímpeto de alucinado, à noite, um parente, que o hospedara. Fazem-se breves inquirições policiais, tolhidas logo pela própria vítima, reconhecendo a não culpabilidade do agressor. Salva-se da prisão. Prossegue depois para o sul, à toa, na direção do Crato. E desaparece...

"Passaram-se dez anos. O moço infeliz de Quixeramobim ficou de todo esquecido (...) Morrera, por assim dizer.

"... E surgia na Bahia o anacoreta [religioso solitário] sombrio, cabelos crescidos até aos ombros, barba inculta e longa; face escaveirada; olhar fulgurante; monstruoso, dentro de um hábito azul de brim americano; abordoado [apoiado] ao clássico bastão, em que se apoia o passo tardo dos peregrinos..."

E peregrino Antônio Conselheiro era: dos sertões de Pernambuco, passou aos de Sergipe e de lá chegou à Bahia. "Vivia de esmolas, das quais recusava qualquer excesso, pedindo apenas o sustento de cada dia. Procurava os pousos solitários. Não aceitava leito algum além de uma tábua nua, e, na falta desta, o chão duro".

Sua fama foi se espalhando. Surgiram os primeiros fiéis, pelos quais Euclides não tem muita admiração: trata-se de "gente ínfima [muito inferior] e suspeita, avessa ao trabalho... vencidos da vida". Mas reconhece que os fiéis o seguiam, "felizes por atravessarem com ele os mesmos dias de provações e misérias".

Em breve o movimento começava a chamar a atenção em outros lugares do Brasil, como mostra um documento publicado em 1876 no Rio de Janeiro (na época a capital do país) e transcrito por Euclides:

"Apareceu no sertão do Norte um indivíduo que se diz chamar Antônio Conselheiro, e que exerce grande influência no espírito das classes populares, servindo-se de seu exterior misterioso e costumes ascéticos, com que se impõe à ignorância e simplicidade... vive a rezar terços e ladainhas e a pregar e a dar conselhos às multidões que reúne onde lhe permitem os párocos; e, movendo sentimentos religiosos, vai arrebanhando o povo e guiando-o a seu gosto. Revela ser homem inteligente, mas sem cultura."

Começavam a surgir as primeiras lendas a respeito do Conselheiro. Contava-se que certa vez, numa capela de Monte Santo, duas lágrimas sangrentas correram dos olhos da imagem da Virgem assim que ele entrou. E havia também suas numerosas profecias — que eram cuidadosamente anotadas pelos discípulos. Eram frases misteriosas como esta:

"Em 1896 hão de rebanhos mil correr da praia para o sertão; então o sertão virará praia e a praia virará sertão."

— Mas essa eu conheço — disse Martinha. — Só que com palavras um pouco diferentes: "o sertão vai virar mar e o mar vai virar sertão". É até a letra de uma música...

Continuei a ler outras profecias:

"Há de chover uma grande chuva de estrelas e aí será o fim do mundo."

“Em verdade vos digo, quando as nações brigam com as nações, o Brasil com o Brasil, a Inglaterra com a Inglaterra, a Prússia com a Prússia, das ondas do mar Dom Sebastião sairá com todo o seu exército.”

— E aí está Dom Sebastião de novo — disse Martinha. — Mas não entendi essa história de o Brasil brigar com o Brasil. Que briga era essa?

— Acho — disse Zé — que ele se referia à luta entre monarquistas e republicanos. O Antônio Conselheiro era contra a república, proclamada poucos anos antes. Por uma série de razões: a Igreja e o governo estavam agora separados; o casamento reconhecido passava a ser o civil, casar só no religioso não chegava; e o governo federal cobrava impostos, coisa que o deixava revoltado.

— Isso mesmo — acrescentei. — Euclides até conta que o Conselheiro fez uns atos de protesto político. Em 1893, quando os municípios passaram a cobrar impostos, ele queimou os editais da cobrança numa fogueira. E aí, pela primeira vez, a polícia foi atrás dele. Queriam prendê-lo. Mas os jagunços dele botaram os soldados pra correr. Foi então que o Conselheiro decidiu ir para Canudos.

— O que é que vocês estão fazendo aí?

Era meu pai, que acabara de chegar. Tão absortos estávamos, eu lendo, Martinha e Zé escutando, que nem tínhamos dado pela presença dele. Reclamei:

— Que é isso, papai? Você nos assustou!

— Não foi minha intenção — disse ele. E continuou: — Você não vai me apresentar aos seus amigos?

Fiz as apresentações:

— Esta é a Martinha, que você já deve conhecer... Este é o Zé, colega novo...

Ele fitou o rapaz com atenção, mas nada disse, não fez perguntas: tato era coisa que não faltava a papai. Perguntou sobre o nosso trabalho, comentou que havia lido *Os Sertões* na Faculdade de Direito:

— Já faz tempo, mas lembro ainda que fiquei muito impressionado com esse livro. Mais: ajudou-me bastante no meu trabalho como delegado. O Euclides me ensinou a ver a transgressão de outra maneira. Porque ele —

Interrompeu-se com um gesto:

— Deixa pra lá. Leiam e tirem conclusões, vocês próprios.

Esperamos mamãe chegar e fomos almoçar. À mesa, continuei a falar, animado, sobre o nosso trabalho:

— Essa história do Antônio Conselheiro é fantástica, mamãe. Você deveria ler.

— Mal consigo ler os livros da minha profissão — suspirou ela. — Mas, se tivesse tempo, é claro que eu leria.

Ainda que disfarçadamente, papai continuava olhando o Zé. A certa altura perguntou-lhe, em tom casual, onde morava.

Zé hesitou.

— No Buraco — respondeu, por fim.

Por um instante, receei que papai começasse a lhe fazer perguntas sobre o que estava acontecendo no lugar, aquela história do Jesuíno Pregador. Mas papai revelou-se hábil, mais uma vez. Rapidamente mudou de assunto: para o futebol, um tema sobre o qual gostava de falar e no qual sabia envolver o interlocutor. Mesmo assim eu estava preocupado: eu sabia que o Zé era um sujeito sensível, complicado mesmo. Não estaria ele se sentindo pouco à vontade, ali?

Com muita surpresa, constatei que minha preocupação não tinha razão de ser. Papai e mamãe talvez intimidassem o Zé, mas ele não estava prestando atenção neles: não tirava os olhos de Martinha. Não tirava os olhos é modo de dizer, porque ele em geral ficava de cabeça baixa, fitando o prato. Mas quando erguia os olhos era para mirar Martinha. E mirar com enlevo: o cara estava apaixonado, foi o que logo deduzi.

E eu o compreendia. Embora não chegasse a ser bonita — era uma moreninha miúda, com uns olhos muito arregalados e uma boca, para meu gosto, um tanto grande —, Martinha era simpática, exuberante. Fazia amigos com facilidade, mas há tempos estava sem namorado. Agora: será que ela se dava conta da atração que exercia sobre o Zé? E como receberia uma tentativa de aproximação dele, se tal tentativa viesse a ocorrer, o que eu, aliás, achava difícil? Pensei em falar com ela, alertá-la a respeito. Mas Martinha era esperta. Provavelmente se dera conta dos sentimentos de Zé muito tempo antes de mim. E, se não quisesse nada com ele, saberia como dizer-lhe. Sem ferir o rapaz. Sem ferir muito, em todo caso.

Terminamos de almoçar, papai deu-nos uma carona de carro até o colégio. Na entrada, encontrei o Gê. Quis saber como havia sido a reunião da manhã.

— Ótima — eu disse.

Estava ansioso para lhe contar sobre a suposta paixão do Zé, mas me contive. Afinal, eu não tinha direito de fazer especulações sobre a vida alheia.

Gê me disse que estava lendo *Os Sertões*.

— Quero estar bem preparado para esse debate — disse. — O Queco vai levar a lição que ele há muito tempo está merecendo.

Queco, que encontrei logo depois, também me perguntou sobre a reunião. Ficou surpreso ao saber que o Zé tinha aparecido:

— Eu jurava que o Zé Cabrito não iria à sua casa. Aquilo é bicho do mato, cara. Sabe o que me disseram? Que ele mora no Buraco. Você acredita nisso? No Buraco, cara. A propósito: você viu no jornal de hoje a reportagem sobre esse sujeito que está fundando uma nova religião lá no Buraco? Um tal de Jesuíno Pregador? Tome nota do que estou lhe dizendo, Gui: esse homem ainda vai dar trabalho para o seu pai.

A primeira aula era com o Armando, e, quando terminou, fui falar com ele. Contei que já tínhamos nos reunido e que estávamos preparando o resumo para apresentar ao pessoal que iria debater Antônio Conselheiro. Ficou muito satisfeito ao saber que o Zé tinha participado. Pensou um pouco e depois disse:

— Tem uma coisa que pouca gente sabe e que, no meu modo de ver, não deve ser comentada. Vou lhe contar, porque vejo que você está ajudando o Zé.

Fez uma pausa e continuou:

— Ele é bolsista do colégio. E foi aceito como bolsista por várias razões. Em primeiro lugar, realmente precisa de bolsa de estudos: é muito pobre. E merece a bolsa: trata-se de um garoto inteligente e estudioso, como você já deve ter constatado. Mas também ganhou o auxílio porque o padre Lucas, que conhece um pouco da vida dele, veio falar com a direção e pediu que fosse aceito no colégio: o garoto tem problemas pessoais bastante sérios. Mais do que isso não posso lhe dizer, mas lhe peço: continue dando uma força para o garoto. Ele precisa dessa força. E a você fará bem ajudando-o.

Eu disse que alguma coisa já sabia do Zé; por exemplo, que ele era esforçado, que lia muito e sabia de muita coisa. E que certamente era muito pobre, pois morava no Buraco. Aí me lembrei:

— Falando em Buraco, o que você me diz desse cara que apareceu por lá?

— O Jesuíno Pregador? — ele suspirou. — Não sei. Para dizer a verdade, ainda não sei muito sobre isso. Mas acho que logo vamos ficar sabendo. E acho que logo estaremos falando sobre esse assunto.

Sorriu:

— Espero que a gente não tenha um Canudos aqui em Sertãozinho.

• 7 •

Entramos em Canudos

Na manhã seguinte, fizemos nova reunião, desta vez no apartamento em que Martinha morava com a mãe e a irmã — o pai deixara a família há tempos, indo para Salvador. Sentamos na sala de visitas. Meio sem jeito, Martinha disse que não pudera continuar a leitura:

— Não tive tempo, acreditem. Desculpem, mas hoje é tudo com vocês.

— Com você, Gui — corrigiu Zé. Sorriu, tímido: — Gosto mais de ouvir que de falar. Mas de vez em quando dou meus palpites...

Peguei o livro e o diário onde, como de costume, tinha feito as anotações:

— Bem, então vamos lá.

— Espera aí. Onde é que a gente estava mesmo? — perguntou Martinha.

— O Antônio Conselheiro estava chegando em Canudos — respondi.

— Ah, é verdade. Aliás, que nome esquisito, o desse lugar! De onde é que saiu?

— O Euclides explica. Era uma antiga fazenda à margem do rio Vaza-Barris. Antes de Conselheiro e seus discípulos, outras pessoas haviam ocupado o lugar. E esse pessoal fumava uns cachimbos feitos com o caule oco de uma planta da beira do rio chamada canudo-de-pito — daí o nome. Canudos tinha uma localização estratégica: o lugar era cercado de serras e morros, Cambaio, Cocorobó, Angico e outros, o que dificultava o acesso de possíveis inimigos. Mas essa localização não impediu a chegada de peregrinos, que vinham cada vez em maior número. Ali surgiu então um arraial, o arraial de Canudos, onde as pessoas viviam numa "pobreza repugnante", nas palavras de Euclides, "traduzindo, mais do que a miséria do homem, a decrepitude [decadência] da raça".

— O cara era invocado com esse negócio de raça — observou Martinha.

— Era mesmo. Nesse arraial, havia de tudo, desde o crente até o bandido. Ao chegar, entregavam ao Conselheiro praticamente tudo o que possuíam. Ele dominava o arraial, ele era a lei, ele era o líder moral. E o que ele pregava era a renúncia a todos os bens, todos os confortos. Ensinava que o sofrimento era benéfico para a moral. Beber não era permitido. Mas o amor livre era...

— Quer dizer: o cara tirava de um lado, mas dava de outro... — comentou Martinha.

— Parece, né? Outra coisa: em Canudos, o Conselheiro mantinha a ordem, mas, diz Euclides, volta e meia os caras saíam dali para assaltar localidades ao redor.

— Mas espera um pouco — Martinha, intrigada. — E a religião? Aquilo não era um grupo religioso?

— Era. E eles tinham suas cerimônias. Todas as tardes se reuniam para rezar, homens de um lado, mulheres de outro.

— Aí os sexos ficavam separados... — riu Martinha. — Primeiro amor livre; depois mulher para um lado, homem para outro.

— Pois é. E também havia uma cerimônia em que todos tinham de beijar a mesma imagem de Cristo ou de um santo.

Lá pelas tantas o Conselheiro resolveu construir uma grande igreja em Canudos, "uma catedral", nas palavras de Euclides.

— O Conselheiro era um construtor de igrejas — acrescentou Zé. — Ele tinha prometido construir 25 delas na sua vida...

— Pois é. E foi a construção desse templo que precipitou a luta. Conselheiro tinha encomendado em Juazeiro, mediante pagamento adiantado, uma certa quantidade de madeira, que não foi entregue. Segundo Euclides, de propósito: quem impediu a entrega foi um juiz, Arlindo Leone, que os homens do Conselheiro tinham expulsado do município de Bom Conselho e que assim estava se vingando. Antônio Conselheiro então ameaçou: ou entregavam a madeira ou ele invadiria Juazeiro. Houve pânico na cidade, e o governador da Bahia mandou reforçar a força policial com cem soldados. Eles receberam a ordem de atacar Canudos — e foi o que fizeram.

— Mas tiveram uma surpresa — disse Zé.

Surpresa foi a nossa: já era a segunda vez que o Zé falava! Estava participando mais do que esperávamos. O que era ótimo. Só que depois de ter dito a frase, ele ficou em silêncio, como que arrependido de ter falado. De modo que resolvi estimulá-lo:

— Vamos lá, Zé, conte.

Mais uma pequena vacilação e ele contou:

— A tropa se deslocou até Uauá, onde também moravam adeptos do Conselheiro. E, quando os soldados chegaram, a população fugiu em massa para Canudos. Naquela noite, os soldados dormiram no local. No dia seguinte, quando acordaram, viram diante de si uma multidão que avançava ao som de cânticos religiosos. Começou a luta. Os soldados eram em número muito menor, mas tinham armas automáticas, enquanto os sertanejos só dispunham de facões, foices e armas de fogo simples. Muitos morreram, mas mesmo assim os soldados acabaram batendo em retirada.

Nesse momento fomos interrompidos: chegava a Rafaela. Vinha aborrecida, furiosa mesmo:

— Levei uma hora para chegar até aqui, gente. Vocês acreditam? Numa cidade deste tamanhinho, o trânsito de repente fica congestionado, e pronto, ninguém se mexe.

Congestionamento? Aquilo era novidade. Congestionamento ocorria em Sertãozinho de Baixo só em caso de temporais que inundavam a rua, ou quando a prefeitura realizava alguma obra muito grande. Mas o céu estava azul e obra nenhuma estava sendo feita naquele momento.

— Foi aquele pessoal do Jesuíno Pregador — explicou Rafaela. — Estão fazendo uma procissão pela cidade. Enorme procissão, com cruzes, imagens de santos e tudo. A toda hora repetem que o fim está próximo, que o sertão vai virar praia...

O sertão vai virar praia? Mas aquilo nós conhecíamos!

— É a mesma frase do Antônio Conselheiro! — disse Martinha.

— Antônio, quem? — perguntou Rafaela, sem entender.

— Se você tivesse lido *Os Sertões*, você saberia. Mas como você não lê nada... — Martinha não perdia uma oportunidade para espicaçar a irmã.

— Eu não leio nada — respondeu Rafaela, irônica. — E você não arranja namorado algum. Quem está pior?

— Está pior — retrucou Martinha — quem não sabe que uma coisa não tem nada a ver com a outra. Você...

— Parem de bater boca e venham ver uma coisa aqui na tevê — era a mãe de Martinha, do quarto ao lado.

Fomos. Era uma transmissão, ao vivo, da procissão de que Rafaela nos falara. A primeira coisa que me chamou a atenção foi a quantidade de pessoas: eu não lembrava de um cortejo tão grande na cidade. Nem no Carnaval, quando as ruas ficam cheias, há tanta gente. Gente humilde, alguns usando uma espécie de túnica escura. Como dissera Rafaela, carregavam cruzes, imagens e uma faixa: "Arrependei-vos agora, amanhã será tarde".

O repórter, da rua, explicava que o líder da seita, Jesuíno Pregador, não se encontrava ali:

— Ele comandou a saída da procissão, no Buraco, mas ficou lá. Procurado por nossa reportagem, recusou-se a dar entrevista, dizendo que televisão é coisa do diabo.

Virei-me para comentar alguma coisa, mas me detive. E me detive por causa da expressão de Zé. O sofrimento, a angústia que transpareciam em seu rosto eram impressionantes, comovedores. Por quê? Teria ele reconhecido nos devotos alguns de seus vizinhos do Buraco? Era uma coisa que eu não poderia perguntar sem correr o risco de magoá-lo. Martinha também se deu conta disso:

— Escuta aqui, gente, está quase na hora de ir para o colégio. Quem sabe deixamos o trabalho para amanhã?

O encontro combinado, passei em casa para comer alguma coisa e pegar o meu material para o colégio. Mamãe não estava, só papai — sentado, olhando a tevê. Com ar visivelmente preocupado. Perguntei-lhe se tinha havido alguma desordem durante a procissão.

— Não. Ainda não.

— O que você quer dizer com "ainda não"? Você acha que pode haver violência? — perguntei, assustado.

— Não sei. O que eu sei é que tem cada vez mais gente no Buraco. Olhe ali.

Nesse momento a câmera, do alto de um prédio, mostrava em *zoom* a procissão voltando ao Buraco. E aí fiquei de queixo caído. Eu conhecia pouco o Buraco, raramente ia lá, mas realmente o lugar tinha mudado. Além das casinholas, havia tendas de lona preta por toda parte, inclusive subindo pela encosta do morro ao pé do qual ficava o Buraco. E gente, muita gente, um enxame de gente, ali.

Dava para entender a apreensão de papai. Mas tentei minimizá-la: aquilo era uma coisa passageira, amanhã ou depois o Jesuíno Pregador iria embora e eles iriam junto.

— O cara é meio nômade, não é? Certamente ele vai continuar a peregrinação. Como o Antônio Conselheiro...

— Só que o Antônio Conselheiro acabou se fixando em Canudos — suspirou papai. — Se esse pregador seguir o exemplo e se fixar aqui, seguramente teremos problemas.

Olhou o relógio, levantou-se:

— Vou indo, filho. Tenho de voltar para a delegacia.

— Vou com você.

Saímos, a pé — em Sertãozinho tudo era, e continua sendo, perto. Acompanhei-o até a delegacia — ele falando pouco, o que mostrava a sua apreensão — e depois segui para o colégio. Lá, claro, o assunto era um só: a procissão dos Pregadores, como os seguidores de Jesuíno já estavam sendo chamados. No meio do pátio, Queco fazia um comício:

— É uma cambada de vagabundos, de fanáticos. Se a gente deixar, esses caras vão tomar conta da cidade.

Viu-me chegar:

— Então, Gui? O seu pai não vai fazer nada? Afinal, ele é o delegado de polícia, né? É ele o encarregado de manter a ordem...

O tom era de gozação, mas olhei bem e percebi: o Queco estava assustado. Como muitos outros ali. Evidentemente queriam que eu dissesse alguma coisa, mas, como mamãe sempre repetia, eu não deveria falar sobre o trabalho do meu pai; não era apropriado e poderia até criar problemas. De modo que respondi qualquer coisa, no mesmo tom gozador de Queco, e segui para a aula. No corredor, encontrei o professor Armando. Perguntei-lhe se tinha visto a televisão. Sim, tinha visto.

— E então? — insisti.

— Então? Não sei — sorriu, melancólico. — Historiadores estudam o passado, não preveem o futuro. Importante é entender o que está acontecendo. Esse debate que vocês vão fazer ajudará bastante nesse sentido.

— Espere um pouco: você está me dizendo que estamos vendo uma situação igual à do Antônio Conselheiro?

— Exatamente igual, não, porque a história nunca se repete. Mas acho que há coisas em comum nos dois movimentos. Agora, voltando ao debate. No meu entender, a pergunta para a qual vocês precisam encontrar uma resposta é: por que as pessoas aderem a movimentos desse tipo? O que oferecem tais movimentos às pessoas?

Boa questão. Fiquei pensando nela o resto do dia. À tarde, depois da escola, fui jogar futebol. Quando cheguei, às oito horas, encontrei mamãe preocupada: papai ainda não tinha voltado.

— Você sabe que ele não tem hora para chegar — ponderei.

— Sei. Mas liguei para a delegacia e me disseram que ele tinha ido até o Buraco. Só ele e o Pedro.

Pedro era o delegado auxiliar.

— Ora, mamãe. Não vai acontecer nada.

Mas a verdade é que eu também estava preocupado. Foi com um suspiro de alívio que vi papai chegar, quase uma hora depois.

— Então? — perguntei.

— Então, o quê?

— Você não foi lá no Buraco?

— Fui.

— E daí?

Ele não respondeu. Tirou o casaco, jogou-o numa cadeira, deixou-se cair na poltrona. Pelo jeito, estava cansado. E talvez deprimido. Mas cansado, certamente.

— Você falou com o homem? — insistiu mamãe. — Com o Jesuíno Pregador?

— Não. Não falei com ele. Cheguei até onde ele mora, mas não falei com ele. Ou melhor: ele não quis falar comigo. Disse que não tinha qualquer assunto a tratar com o delegado.

— Que ousadia! — mamãe, irritada. — Onde é que se viu um homem que nem é daqui, que ninguém sabe quem é, recusar-se a falar com o delegado da cidade?

— Estava no direito dele, Teresa. Eu não tinha mandado judicial que o obrigasse a me receber. De modo que optei por não forçar a barra.

— E como é a casa? — perguntei.

— É diferente das outras. Lá todo o mundo mora em barracos de taipa ou então naquelas barracas de lona plástica. A casa dele é de tijolo. Foi construída há pouco, vê-se logo, nem está bem terminada. Mas é rodeada por um muro alto. Há um portão, guardado por dois homens, acho que armados.

Ficou um instante calado, e continuou:

— Não falei com o Pregador, mas descobri muita coisa a seu respeito. Como não podia entrar na casa, caminhei pelo Buraco, conversando com um, conversando com outro. Inclusive com gente que veio de outros municípios. E fiquei espantado. Aquilo mudou. Antigamente o Buraco era um lugar de gente humilde, gente sem muita esperança, sem recursos. Agora, não. Por exemplo: o Pregador criou uma escola. É uma escola religiosa, ensina as profecias deles e outras coisas, mas também ensina as crianças a ler, a escrever. E criou também um tribunal.

— Tribunal? — estranhei.

— É. Uma espécie de tribunal, organizado e dirigido pelo próprio Pregador. Se dois vizinhos têm uma disputa qualquer, eles levam o caso ao Pregador; se há briga entre marido e mulher, é o Pregador quem resolve. E uma mulher me contou que os jovens que querem casar pedem-lhe aprovação. Existe uma espécie de templo, um grande barracão de madeira, onde o pessoal se reúne para rezar, junto com o Pregador.

Eu estava absolutamente assombrado com aquilo. Entre outras razões, porque o relato de papai coincidia com o que tínhamos lido a respeito do Antônio Conselheiro. E foi o que eu lhe disse:

— Papai, isso parece a história que o Euclides da Cunha conta em *Os Sertões*...

Ele me olhou, sério:

— Sei disso. Como não haveria de saber? Quem nasceu nesta região, como eu, ouviu falar do Antônio Conselheiro. E a pergunta que eu me faço, que você se faz, que todos se fazem é: será que esta história vai terminar como a do Conselheiro?

— O que é que você acha?

— Se depender de mim, não — respondeu, taxativo. — Vou fazer o possível para evitar qualquer violência.

Olhou o relógio:

— Bem, acho que vou dormir. Estou um bocado cansado.

Mamãe insistiu para que comesse alguma coisa, mas ele recusou, e entrou no quarto. Ela sacudiu a cabeça, com um suspiro:

— Seu pai é um bom garfo. É a primeira vez, nestes dezoito anos de casados, que eu o vejo ir para a cama sem jantar. Ele deve estar preocupado mesmo.

Eu agora começava a ficar preocupado também. E mais motivado a ler o livro.

• 8 •

Amplia-se a guerra contra o Conselheiro...

Na manhã seguinte, quando nos encontramos — de novo no apartamento da Martinha, a pedido dela —, tivemos de resolver uma questão: deveríamos ou não incluir as campanhas contra o Conselheiro no resumo que faríamos sobre ele? Martinha achava que não:

— Uma coisa é o homem, outra coisa é a guerra que moveram contra ele. Não me parece necessário falar das expedições militares.

Eu, ao contrário, achava que só poderíamos compreender bem a figura que estávamos estudando se descrevêssemos a maneira pela qual ele se portara na luta. O voto decisivo foi de Zé. Achei que iria apoiar Martinha — cada vez que olhava para ela era como se estivesse olhando para uma deusa —, mas não, estava de acordo comigo. Martinha até estranhou. Mas não se deixou perturbar. Gracejou:

— Você me surpreendeu, cara. Pensei que podia contar com você...

Ele riu, meio sem graça, e ela acariciou-lhe o rosto com a mão.

Um gesto casual, comum entre amigos — mas era de ver o brilho de felicidade que surgiu nos olhos do Zé. Ele estava derretido mesmo. Eu só esperava que Martinha não estivesse brincando com os sentimentos dele. Mas logo voltamos ao nosso assunto:

— Muito bem — disse ela. — Então, quem é que fala? Confesso que parei de ler o livro: essa coisa de combates não me interessa.

— Você não sabe o que está perdendo — repliquei. — O Euclides não está descrevendo uma briga entre mocinho e bandido. Não é faroeste. O que ele faz é tentar entender os participantes da campanha através da maneira como eles lutaram.

— Bem, se você está por dentro, vamos lá — comandou Martinha. Ela era a minha interlocutora, porque o Zé, naturalmente, não falava.

— Nós tínhamos parado naquela batalha de Uauá, que terminou com a derrota dos soldados. Aí foi preparada uma segunda expedição pelo governo da Bahia, comandada pelo major Febrônio de Pinto. Mais soldados, agora, cerca de quinhentos, e mais armamento, incluindo quatro metralhadoras e dois canhões. Os sertanejos — ou jagunços, que são os sertanejos que viram bandidos — eram em maior número, mas as armas que tinham eram simples, armas de carregar pela boca do cano: primeiro tinham de colocar a pólvora, socar bem, colocar a bala... Levava tempo. Agora: tinham a seu favor um elemento muito importante, que é o terreno. Diz aqui o Euclides: "As caatingas são um aliado incorruptível do sertanejo em revolta". Nelas, o jagunço transforma-se em guerrilheiro: ataca e some no meio da vegetação, que, por sua vez, dificulta o movimento dos soldados. Para Euclides, "Canudos era a nossa Vendeia".

— Vendeia? O que é isso? — quis saber Martinha.

— Eu também não sabia. Tive de olhar na enciclopédia. É um episódio da Revolução Francesa de 1789, que derrubou a realeza. A Vendeia era uma região da França onde os camponeses, defendendo a monarquia, enfrentaram as tropas do governo, numa guerra de guerrilhas, atacando e fugindo, atacando e fugindo. Enfim, Euclides quer dizer que os sertanejos deram muito trabalho.

— Mas os comandantes decerto nem pensavam na possibilidade de uma resistência desse tipo... — sugeriu Martinha.

— De jeito nenhum. Euclides escreve que eles pensavam que "os rebeldes seriam destruídos a ferro e fogo". O comandante da expedição estava tão confiante que mandou deixar, num lugar chamado Queimadas, parte das munições, para que assim os soldados andassem mais depressa. A batalha ocorreu na serra do Cambaio. Por ali passava a estrada para Canudos. Por essa estrada iam subindo os soldados, vagarosamente — e aí, de repente, saindo dos seus esconderijos, apareceram os jagunços. Alguns se infiltravam entre a tropa do governo; outros, do alto da serra, atiravam. Cada atirador tinha a ajuda de três ou quatro companheiros, que se encarregavam de colocar a munição nas armas, de modo que eles podiam disparar sem cessar. Se por acaso o atirador era atingido, aparecia outro para substituí-lo. Conta Euclides: "Os soldados viam tombar, mas ressurgir imediatamente, indistinto pelo fumo, o mesmo busto, apontando-lhes a espingarda. Alvejavam-no de novo. Viam-no outra vez cair, de bruços, baleado. Mas viam outra vez erguer-se, invulnerável, assombroso, terrível". Apesar de tudo isso, os soldados levaram a melhor e os sertanejos fugiram na direção de Canudos.

— E a tropa foi atrás... — supôs Martinha.

— Isso mesmo. Mas foram atacados de novo, e já estavam com pouca munição. Decidiram-se então pela retirada. Agora, um detalhe interessante: nesse meio-tempo havia chegado a Canudos a notícia de que as tropas do governo vinham vindo. Os fiéis entraram em pânico. Antônio Conselheiro subiu aos andaimes da igreja em construção, talvez esperando o fim. E aí os atacantes bateram em retirada.

— Os caras acharam que era milagre do Conselheiro... — disse Martinha.

— Isso mesmo. Já a tropa em retirada estava em más condições. Os soldados não comiam há dois dias, estavam esgotados, tinham de carregar os feridos. Então os jagunços, comandados por Pajeú — "mestiço de bravura inexcedível [insuperável] e ferocidade rara", segundo Euclides —, atacaram os soldados naquela mesma serra do Cambaio. Provocaram inclusive avalanches que deixaram os pobres homens apavorados. Finalmente, os soldados conseguiram escapar e chegar a Monte Santo. Conta Euclides: "Não havia um homem válido. Aqueles mesmos que carregavam os companheiros sucumbidos claudicavam, a cada passo, com os pés sangrando, varados de espinhos e cortados pelas pedras. Cobertos de chapéus de palha grosseiros, fardas em trapos, alguns, tragicamente ridículos, mal velando [cobrindo] a nudez com os capotes em pedaços, mal alinhando-se em simulacro [imitação grotesca] de formatura, entraram pelo arraial lembrando uma turma de retirantes".

— Mas isso é incrível — disse Martinha. — Como é que pode uma tropa, bem equipada, como você falou, ser derrotada por sertanejos mal armados?

— Euclides bota a culpa na sociedade brasileira como um todo, que estava cheia de "elementos revolucionários e dispersivos", segundo ele diz.

— Pelo jeito, em matéria de disciplina, ele era linha-dura... — comentou Martinha.

— Ah, é. Se você lê a biografia dele, aqui no livro, você tem uma explicação: o Euclides estudou numa escola militar, fez carreira, chegou ao posto de tenente — ou seja, estava habituado com disciplina, com ordem. E isso, naquele ano de 1897, era uma coisa que ele não via no país. A República já havia sido proclamada há oito anos e os brasileiros, segundo ele, ainda viviam no "marasmo monárquico".

— O que é marasmo? — quis saber Martinha.

— Atraso. O fato é que aquela história de Canudos já estava chamando a atenção do país inteiro. O governo federal resolveu tomar providências. Uma nova expedição foi formada, sob o comando do coronel de infantaria Antônio Moreira César, que tinha a fama de "grande debelador de revoltas". Ele estava chegando do Rio Grande do Sul, onde enfrentara com êxito a rebelião comandada por Gumercindo Saraiva, conhecida como Revolução Federalista. Mas Euclides não tem muita admiração pelo homem: "era um desequilibrado", diz, um doente mental — na verdade, o coronel sofria de convulsões. Mas já tinha passado uma temporada na prisão, acusado, com outros militares, de tentar assassinar um jornalista que falara mal do Exército.

— Violento, ele... — comentou Martinha.

— Sem dúvida. Moreira César contava com um batalhão inteiro, peças de artilharia e um esquadrão de cavalaria: no total, quase 1.300 soldados. Mas Canudos também tinha crescido. A vitória de Antônio Conselheiro atraíra muita gente. E eles agora começavam a cavar trincheiras, a fabricar suas próprias armas — até pólvora preparavam.

— Quer dizer: era guerra! — exclamou Martinha.

— Guerra mesmo. Uma campanha militar em grande escala. As tropas saíram de Queimadas para uma marcha de vários dias até Canudos. Tinham de vencer a vegetação da caatinga; havia areais onde as carretas atolavam; e pior, faltava água. E quando não faltava água, eram aquelas chuvaradas do sertão. Durante uma dessas tempestades tomaram um susto: avistaram umas carretas e acharam que iam ser atacados, o que gerou a maior confusão. Mas não era nada disso, era uma ajuda, alimentos que haviam sido enviados por um fazendeiro da região. Mais tarde, porém, foram realmente atacados, numa emboscada. Os sertanejos dispararam alguns tiros e fugiram, deixando as armas, umas espingardas conhecidas como pica-paus, muito precárias. Quando viu aquelas armas, Moreira César vibrou: para ele, os jagunços estavam praticamente desarmados, não poderiam resistir. Esse otimismo exagerado foi um erro, segundo Euclides. Diz ele: "Porque, num exército que persegue, há o mesmo automatismo impulsivo dos exércitos que fogem". A audácia extrema funciona como o extremo pavor: "um exército é antes de tudo uma multidão".

— Portanto, difícil de controlar... — comentou Martinha.

— É. Para isso, seria essencial um comandante muito equilibrado, coisa que, para o Euclides, o Moreira César não era. Chegaram diante de Canudos: um "montão de casebres", descreve Euclides, "à margem do rio Vaza-Barris, e cercada por morros, o morro da Favela...".

— Favela? — interrompeu Martinha, admirada. — Eu pensei que Favela era só no Rio de Janeiro...

— Mas é daí que vem o nome. Os soldados que regressaram da campanha de Canudos para o Rio de Janeiro foram morar num morro, em casas muito precárias. Esse lugar ficou sendo conhecido como Favela. Daí em diante, todo lugar de casas precárias passou a ser chamado de favela. Mas, voltando ao Moreira César: estava tão entusiasmado que, apesar de os soldados estarem esfomeados, quis atacar imediatamente: "Vamos almoçar em Canudos", era o que dizia.

— Aposto que foi um almoço indigesto — comentou Martinha.

— Bota indigesto nisso. Primeiro os canhões dispararam sobre o arraial. As balas acertaram as casas, "atirando pelos ares tetos de argila e vigamentos, em estilhas; pulverizando as paredes de adobe; ateando os primeiros incêndios". Aconteceu então um incidente até meio engraçado, mas que alertava sobre o que iria acontecer: "Toda uma companhia do 7º, naquele momento, fez fogo, por alguns minutos, sobre um jagunço, que vinha pela estrada de Uauá. E o sertanejo não apressava o andar. Parava às vezes. Via-se o vulto impassível aprumar-se ao longe (...) e prosseguir depois tranquilamente. Era um desafio irritante. Surpreendidos, os soldados atiravam nervosamente sobre o ser excepcional, que parecia comprazer-se em ser o alvo de um exército".

— Os caras não tinham medo — comentou Martinha, impressionada.

— Nenhum medo, pelo jeito. O coronel Moreira César mandou que os soldados entrassem e tomassem o arraial "sem disparar mais um tiro — à baioneta". E aí foi o desastre. Canudos não era uma cidade, era um arraial, com umas ruazinhas estreitas, agora obstruídas pelos destroços das casas destruídas, o que dificultava os movimentos. Quando, finalmente, os homens conseguiam entrar nos casebres que ainda estavam de pé, eram atacados lá dentro, a tiros, a facadas, a golpes de foice. Pior: os soldados estavam tão famintos que de vez em quando paravam para comer o que encontravam nas casas — e aí recebiam como sobremesa, diz Euclides, "uma carga de chumbo". Essa luta toda ocorria numa metade de Canudos; a outra ainda estava inteira — e pronta a resistir. O coronel Moreira César cometeu então mais um erro: ordenou um ataque de cavalaria.

Martinha arregalou os olhos:

— O quê? Um ataque de cavalaria? Mas se nem os soldados conseguiam andar, como é que os cavalos poderiam galopar por ali?

— É exatamente o que diz Euclides: "uma excentricidade", uma coisa estranha. Moreira César acabou sendo ferido gravemente. Assumiu o comando o velho coronel Tamarindo, boa pessoa, mas incapaz, diz Euclides, para aquela difícil tarefa. "O que vamos fazer?", teria perguntado um oficial. O coronel respondeu com um dito popular do Norte: "É tempo de murici, cada um cuide de si". Não deu outra: a tropa fugiu na maior confusão, os soldados tratando de salvar a própria pele. Conseguiram atravessar o rio Vaza-Barris e foram se agrupar num lugar seguro, junto à artilharia. Os oficiais, reunidos, decidiram-se pela retirada, apesar da oposição de Moreira César — que, algumas horas depois, morreu. A retirada transformou-se em debandada; os únicos que se mantiveram agrupados foram os soldados da artilharia que ali estavam, junto aos quatro canhões. Os sertanejos atacaram-nos e acabaram matando também o coronel Tamarindo. Conta Euclides: "A terceira expedição, anulada, dispersa, desaparecera (...) Recolhidas as armas e munições de guerra, os jagunços reuniram os cadáveres que jaziam esparsos em vários pontos. Decapitaram-nos. Queimaram os corpos. Alinharam, depois, nas duas bordas da estrada, as cabeças [casaco militar] (...) Por cima, nos arbustos marginais mais altos, dependuraram os restos de fardas, calças e dólmãs [casaco militar] (...) Um pormenor doloroso completou esta encenação: a uma banda avultava, empalado, erguido num galho seco, de angico, o corpo do coronel Tamarindo".

Terminei de ler e, por um instante, ficamos em silêncio.

— Meu Deus do céu — suspirou, por fim, Martinha. — Foi mesmo uma coisa medonha. Você não acha, Zé?

Ele não respondeu. Como ocorrera durante todo o encontro, permaneceu calado. Um silêncio que me intrigava. Por que não falava? O que estaria se passando em sua cabeça? Alguma coisa, contudo, me dizia que eu não deveria lhe perguntar a respeito. Quando chegasse o momento, ele mesmo nos diria.

Chegava a Rafaela:

— Uai! Não tem aula hoje?

Aí nos demos conta: simplesmente perdêramos a noção do tempo, e já estava quase na hora do colégio. Martinha nos preparou uns sanduíches, que devoramos rapidamente, e seguimos às pressas para o colégio. Lá nos esperava uma má notícia.

• 9 •

... E começa o conflito em Sertãozinho de Baixo

Àquela hora, já era para estar todo o mundo nas salas de aula, ou dirigindo-se para elas. Mas não, havia muita gente no pátio — e o Queco, no meio, fazendo um discurso. Quando nos viu, apontou o Zé:

— É a gente desse cara aí. Tomem nota do que estou dizendo, aquela gente vai acabar com a nossa cidade. Isso aqui vai se transformar num reduto de fanáticos, de loucos, de bandidos.

Nesse momento entrava o Gê. Ouviu o que o Queco acabara de dizer e ficou possesso:

— Cala a boca, reacionário! Fascista de meia-tigela! Filhinho de papai!

Queco partiu para cima dele. A custo, conseguimos separá-los. Levei o Gê para um canto, ele ainda resmungando, "aquele nojento, eu quebro a cara daquele cretino".

— Mas afinal — perguntei — o que está acontecendo?

Ele me olhou, assombrado:

— Mas você não sabe? Em que planeta você vive, cara? Está todo o mundo falando nisso. Seu pai, inclusive, deve estar lá.

— Lá, onde?

— No supermercado Sol-do-Sertão.

— O que houve no supermercado? Foi assaltado?

— Assaltado, não. O supermercado foi saqueado.

— Por quem? Quem saqueou o supermercado?

— Gente do Buraco. Por isso é que o Queco estava apontando para o Zé... A propósito, onde está o Zé?

Tinha sumido. Martinha voltava nesse momento da sala de aula. Também ela estava procurando o rapaz:

— Eu acho que o Zé foi embora, gente — disse, e sua preocupação era visível. — Ele ficou muito incomodado com o que o Queco falou. Estava até chorando.

— É um grosso, o Queco — rugiu o Gê. — Ah, se eu pego esse cara... A gente precisa falar urgente com o Zé.

Mas naquele momento eu não estava pensando no Zé. Estava pensando no assalto ao supermercado — e em papai. Corri até a secretaria da escola, pedi para usar o telefone, liguei para casa, rezando para que um dos dois atendesse. Felizmente, mamãe estava lá:

— Tudo bem, Gui. Não se assuste. Nada aconteceu com papai. Ele telefonou, dizendo que está tudo bem. Fique tranquilo.

Tranquilo eu não podia ficar. E nem consegui prestar atenção às aulas. Só permaneci no colégio porque papai mais de uma vez tinha me advertido: "não falte às aulas por minha causa — se eu precisar de você, mando lhe chamar".

Mal soou a campainha, no fim da tarde, corri para casa. Mamãe estava lá, à minha espera; de novo me acalmou, de novo garantiu que papai estava bem.

Voei para a televisão. Havia um noticiário local, às seis horas, e eu sabia que eles iriam falar do saque ao supermercado, talvez entrevistando meu pai.

Não deu outra. Foi a primeira notícia. Cara séria, o apresentador leu a notícia:

— Pouco depois do meio-dia de hoje um grande grupo de pessoas, mais de duzentas, segundo testemunhas, dirigiu-se ao supermercado Sol-do-Sertão e pediram para falar com o gerente. Disseram-se crentes dedicados a divulgar a palavra divina e, alegando falta de recursos, solicitaram alimentos, com a promessa de pagar posteriormente. Como o gerente se recusasse a atendê-los, houve discussão. Por fim, o bando pôs-se a saquear e depredar o estabelecimento. Os seguranças dispararam para o ar, e depois na direção do grupo. Uma menina foi ferida, sem gravidade. Carregando o produto do saque, o bando regressou para o local de onde tinha vindo, o bairro conhecido como Buraco.

A câmera mostrou cenas do supermercado: prateleiras vazias, coisas jogadas no chão. Logo em seguida apareceu papai, entrevistado ao vivo. Perguntaram-lhe que providências tomaria em relação ao assalto. Papai disse que os responsáveis seriam identificados e intimados a prestar depoimento:

— Aqueles que forem culpados responderão, perante a lei, por seus atos.

O entrevistador, porém, estava disposto a provocá-lo:

— Delegado, o senhor é conhecido em nossa cidade como um homem tolerante — tolerante demais, segundo alguns políticos e líderes empresariais. O senhor não acha que chegou o momento de dar um basta a esta situação? Veja: o Buraco está cheio de forasteiros, de desconhecidos, gente que pode até ter antecedentes criminais. Não seria o caso de dar uma batida naquele lugar? Vou mais longe: não seria o caso de expulsar os vagabundos que vieram de fora?

Sempre tive admiração por papai, mas naquele momento admirei-o mais do que nunca. Ele foi simplesmente fora de série. Disse que não se podia fazer generalizações perigosas, que as pessoas devem ser consideradas inocentes até que sua culpa seja provada. A investigação seria feita, mas respeitando os direitos das pessoas, entre os quais o direito de ir e vir:

— Qualquer brasileiro tem o direito de morar onde quiser, no território nacional — declarou papai.

O repórter evidentemente não estava satisfeito. Logo em seguida entrevistou o dono do supermercado, que estava furioso e chegou a dizer que "com essa gente, só à bala". Também ouviu Fernando Nogueira, dono do *shopping* e pai do Queco, que pediu cadeia para os assaltantes e sobretudo para Jesuíno Pregador:

— Esse homem é louco, e enquanto ele estiver em nossa cidade não teremos sossego.

Pouco depois, papai chegou em casa. O cansaço e a tensão eram visíveis nele. Tentei animá-lo, dizendo que ele havia se saído muito bem na entrevista. Abanou a cabeça:

— Não tenho ilusões, Gui. Essa coisa não vai terminar bem.

Sabia do que estava falando. Cinco minutos depois tocou o telefone. Atendi, e era o prefeito Felisberto:

— Quero falar com seu pai — disse, no vozeirão que era sua marca registrada.

Durante dez minutos papai ficou ao telefone. Sem falar, só escutando. Por fim, com um seco "está bem", desligou.

— O que ele queria? — perguntou mamãe.

— Quer dar logo uma resposta para a mídia e para os políticos. Diz que esse assalto pode lhe custar muito caro. Pediu-me para prender Jesuíno Pregador por instigar os saques.

— E foi ele quem instigou os saques? — perguntei.

— Não. Que se saiba, não. Mas ele é o chefe da seita. E tem muita gente na cidade que o odeia — o Fernando Nogueira é um exemplo. Foi ele quem sugeriu ao prefeito que eu prendesse o Jesuíno. E o prefeito, claro, diz amém: o Fernando financiou a campanha dele.

— E o que você vai fazer? — perguntou mamãe.

— Vou fazer o que deve ser feito: vou investigar o caso. O Pedro está lá no Buraco, interrogando moradores. E vou seguir a lei. Prendo quem tiver de ser preso — dentro da lei.

Minha mãe queria conversar mais sobre o assunto, mas papai disse que não podia, não tinha tempo: precisava voltar à delegacia. Comeu rapidamente e saiu. Mamãe estava francamente apreensiva:

— Seu pai é um homem decente, correto. Só espero que esses caras não o transformem num bode expiatório.

— Você quer que eu vá até a delegacia? — perguntei.

— Para quê?

— Sei lá. Para o caso de ele precisar de ajuda...

Apesar da aflição, ela teve de rir:

— Não sei se você poderia ajudar muito. Não, não quero que você vá à delegacia. Fique comigo. Durante dezesseis anos eu cuidei de você. Hoje preciso que você cuide de mim.

Ficamos ali sentados, conversando, até que ela, cansada, adormeceu sobre o sofá. Tirei-lhe os sapatos, fui buscar um lençol para cobri-la. Deitei-me, li um pouco de *Os Sertões*. E adormeci, rezando para que não precisássemos de um Euclides em nossa cidade.

• 10 •

Em busca do Zé

Não tínhamos marcado reunião para a manhã seguinte, e foi bom. Eu havia dormido muito mal à noite; só de madrugada consegui conciliar o sono. Quando acordei já era bem tarde. Mamãe já tinha saído e papai também — ou passara a noite na delegacia. Liguei para lá — mas, como era de esperar, o telefone estava constantemente ocupado. Quando finalmente consegui a ligação, o delegado auxiliar disse que papai estava interrogando umas pessoas e não poderia ser interrompido:

— Mas vou dizer que você ligou, fique tranquilo — acrescentou.

Comi alguma coisa e saí. Minha ideia era dar uma volta, antes de ir para o colégio, para arejar as ideias. Mas aí passei na banca de jornais — e lá estava o *Diário de Sertãozinho* com uma manchete em letras garrafais: "Um novo Antônio Conselheiro?". Havia uma foto de fiéis rezando, outra do saque ao supermercado, mas nenhuma do Jesuíno Pregador, que não se deixara fotografar.

— Seu pai está com o maior pepino, hein, garoto? — disse seu Antônio, dono da banca. E, meio arrependido, tratou de me consolar: — Mas pode deixar que ele tira de letra. Todo o mundo sabe que ele é ótimo delegado. Um dos melhores da Bahia, se não for o melhor.

Comprei o jornal e fui até o Parque da Alegria, o maior e mais tranquilo da cidade. Sentei num banco, abri o jornal para ler a reportagem sobre o saque ao supermercado. Era uma matéria assinada por Bento Assis, um jornalista ainda jovem e talentoso. Eu já tinha lido uma série de reportagens chamada "Lembranças de Canudos", em que ele entrevistava antigos moradores da região que falavam sobre a campanha contra Conselheiro. Dizia Bento:

"A Vila Buraco está longe de ser o cartão-postal de Sertãozinho de Baixo. Os visitantes que chegam à nossa cidade são levados para ver o *shopping*, o novo prédio da prefeitura, o Parque da Alegria. No Buraco, como o lugar é chamado, nada existe para se ver, a não ser a tradicional miséria brasileira.

"Mas alguma coisa mudou no Buraco. De uns tempos para cá, a Vila tem estado em constante ebulição. Cuja origem é um homem chamado Jesuíno Pregador. Quem é Jesuíno Pregador?

"Ninguém sabe dizer ao certo, e ele se recusa a dar entrevistas. Que é de nossa região, nota-se pelo sotaque. Parece um homem culto, articulado; fala bem, é um orador nato e tem a figura de um pregador — barba e cabelos pretos, olhos negros, brilhantes. Usa sempre uma túnica escura, o que contribui para reforçar a imagem de asceta.

"Quando prega, arrebata multidões. As pessoas o escutam com uma comovente devoção. Não são poucos os que choram, não são poucos os que se prostram no chão. E o que prega Jesuíno? Como outros pregadores desse tipo, anuncia que o fim está próximo. Mas não se limita a previsões apocalípticas: diz que as pessoas devem se ajudar umas às outras, que devem se unir. E isso, sem dúvida, contribui para reforçar a sua autoridade.

"A miséria no Buraco continua a mesma, mas Jesuíno já criou uma pequena escola, uma creche, um ateliê onde trabalham várias bordadeiras e um ambulatório, atendido por um auxiliar de enfermagem aposentado, o 'doutor' Secundino, que faz curativos e aplica injeções.

"Jesuíno tem fiéis e tem 'discípulos'. Estes, não por coincidência em número de doze, convivem com ele mais estreitamente. São os 'discípulos' que organizam as pregações, são eles também que recolhem as doações. Diz-se que Jesuíno pretende construir, aqui no Buraco, um grande templo.

"A esta altura, a história já deve estar parecendo familiar aos leitores. Uma pergunta se impõe: estamos diante de um novo Antônio Conselheiro? E esta pergunta ganha importância dramática depois dos acontecimentos de ontem."

A seguir, a matéria comentava o ocorrido no supermercado, de novo assinalando semelhanças:

"Como se sabe, no caso de Antônio Conselheiro, o que desencadeou um conflito foi a madeira que ele comprou e não recebeu; ameaçou então invadir a cidade de Juazeiro. É possível que o ataque ao supermercado seja o equivalente dessa ameaça?"

E concluía com uma advertência sombria, ainda que sensacionalista:

"Se for assim, a cidade pode se preparar para um conflito de grandes proporções."

Preocupado, fui para o colégio. Passei pela sala de professores e lá estava o Armando. Fui direto ao assunto:

— O que é que você acha dessa história do supermercado?

Ele pensou um pouco.

— Pode ficar nisso — respondeu. — Ou pode ser o estopim para uma coisa maior. Vamos ter de aguardar para ver.

Perguntou por meu pai. Contei o que tinha sucedido, ele balançou a cabeça:

— É típico desse prefeito.

Refletiu um instante e acrescentou:

— Diga a seu pai que, se for necessário, ele pode contar comigo. Organizaremos um movimento de cidadãos para apoiar as medidas legais — e evitar os fanatismos.

Fez uma pausa e acrescentou:

— Eu também tenho uma notícia para você. E não é uma notícia boa.

Abriu a pasta, tirou dali uma folha de papel:

— Foi colocado debaixo da minha porta, hoje cedo.

Era uma carta do Zé, escrita à mão.

Dizia que não tinha mais condições de frequentar a escola, por isso não viria mais. Pedia desculpas à direção, que tinha confiado nele, agradecia aos professores e solicitava que transmitisse o seu abraço aos colegas, mencionando especificamente Martinha, Gê e eu.

— Você tem ideia do que aconteceu? — perguntou o Armando.

— Mas você não sabe? — eu, surpreso.

— Não. Não viemos ao colégio ontem, nem eu nem a Cíntia. A coitada estava bem doente, tive de ficar cuidando dela. O que houve?

Contei o incidente entre Queco e Zé e concluí:

— O Zé deve ter achado que não pode vir mais ao colégio ou vai se transformar num bode expiatório. Que vai pagar o pato por tudo.

Armando me olhou:

— Mas isso está errado, Gui. Não podemos permitir que o Zé deixe o colégio assim. Será um fracasso — não para ele, para todos nós. E uma vergonha.

Eu estava de acordo, mas o que poderia ser feito? Foi o que perguntei a Armando. Ele pensou um pouco e ia responder, quando Martinha entrou na sala. Armando mostrou-lhe a carta, ela leu. Terminada a leitura, olhou-me — e havia lágrimas em seus olhos.

(O que me fez pensar se a paixão do Zé não estava, afinal, sendo correspondida.)

— Nós vamos atrás dele, Gui — disse ela. — Atrás do Zé. Vamos falar com ele, vamos convencê-lo a mudar de ideia.

— Tudo bem — eu disse. — Mas, onde? Onde vamos encontrá-lo?

— Onde ele mora. No Buraco.

— Esperem um pouco — disse Armando. — Vocês sabem que aquele lugar deve estar em polvorosa. Pelo que o

Gui contou, é possível que a polícia esteja lá. Será que é uma boa ideia vocês irem até o Buraco?

Martinha, porém, não queria saber:

— Se você não me acompanha, Gui — disse, numa voz firme, decidida —, eu vou sozinha.

Claro que eu a acompanharia. Afinal, eu também queria o Zé de volta.

— Vamos convidar o Gê — lembrei.

— Boa ideia — concordou Martinha.

Fomos atrás dele, na sala de aula. Gê não só topou como resolveu levar junto a direção do grêmio estudantil, composta por quatro colegas:

— O Zé vai ver que tem o apoio de todos nós. Que o Queco é a exceção, não a regra.

Não poderíamos faltar às aulas, inclusive porque tínhamos provas naquela tarde, mas tão logo soou a campainha, reunimo-nos na porta do colégio e seguimos, juntos, para o Buraco, que ficava a uns dois quilômetros.

Eu nunca tinha ido lá. Claro, muitas vezes havia passado pelo local, mas só de carro. Agora, não. Agora nós estávamos entrando no reduto da miséria em nossa cidade. De imediato, a descrição de Canudos me veio à lembrança: os casebres, as ruelas, e — coisa que Euclides não conhecera — as barracas de lona plástica preta. E gente, muita gente, um formigueiro. Gente humilde, malvestida, alguns esfarrapados. Essas pessoas nos olhavam, desconfiadas, o que não era de admirar: afinal, éramos forasteiros. Nós, para dizer o mínimo, não nos sentíamos à vontade ali. Nada à vontade.

E tínhamos um problema: como achar o Zé naquele labirinto de ruelas, naquela confusão de casebres?

Na ficha do colégio, que tivéramos o cuidado de consultar antes de sair, constava apenas "Vila Buraco" no espaço reservado ao endereço. Segundo Martinha, o nome da tia dele era Maria Gonçalves, mas quantas donas Marias haveria ali?

De qualquer modo, fomos perguntando a um, a outro, a pessoas que nos olhavam das janelas, das portas. Ninguém sabia de Maria Gonçalves. Ninguém sabia de Zé. Já estava escurecendo quando um dos rapazes do grêmio, o Silvinho, ponderou que talvez fosse melhor deixar a busca para a manhã seguinte. Martinha, porém, não queria desistir, e logo se criou um impasse.

Nesse momento, uma mulher, que vinha pelo beco, parou para nos observar. Já de idade, era pequena, magrinha. Tinha a cabeça coberta por um xale escuro. Mostrou as gengivas desdentadas num sorriso:

— Vocês não são daqui do Buraco, são?

Respondi que não, que estávamos ali procurando o José Gonçalves, Zé.

Abanou a cabeça:

— Não conheço. Eu também não sou daqui. Morava perto de Juazeiro... Vim para cá por causa do Pregador, do Jesuíno.

Nesse momento outro de nossos colegas, o Telmo — conhecido pela língua solta — cometeu uma imprudência:

— Quer dizer que a senhora anda com esses fanáticos...

Quis se desculpar, mas já era tarde: a palavra já lhe tinha escapado da boca. A mulher olhou-o. Para nossa surpresa, não mostrava qualquer irritação. Ao contrário, sorriu:

— Fanáticos? É, é assim que o pessoal da cidade nos chama. Nós dizemos que somos crentes. Porque a gente acredita, sabe? A gente acredita nas coisas que o Jesuíno nos diz. O Jesuíno nos dá esperança, sabe, moço? Ele...

Interrompeu-se:

— Mas por que estou contando isso? Vocês podem ver com os próprios olhos. Venham comigo.

— Aonde? — perguntei, suspeitoso.

— Ao Templo — disse ela. — O Templo onde o Jesuíno vai pregar. Venham, está quase na hora.

O que de imediato gerou uma discussão.

— Nós viemos aqui procurar o Zé — protestava Martinha —, não para ver o Pregador.

Mas o Gê, que no fundo estava ansioso por conhecer o tal Templo, ponderou que lá poderíamos perguntar pelo Zé

— e para mais gente. Relutante ainda, Martinha se deixou convencer.

Fomos. O Templo ficava a uma pequena distância dali. Era, como eu já tinha imaginado, um enorme barracão de madeira, fracamente iluminado por umas poucas lâmpadas. Estava cheio: homens, mulheres, crianças sentados em fileiras de bancos rústicos, à frente de um tablado. Dali pregaria o Jesuíno. Que ainda não havia chegado. No tablado estavam alguns homens vestindo túnicas escuras: os discípulos.

— Daqui a pouco vai começar — disse a mulher. — Ouçam com atenção as palavras do nosso Pregador. E vocês mudarão de ideia, tenho certeza.

Foi sentar junto a uns conhecidos. Nós ficamos por ali, de pé, aguardando. Alguns jovens, rapazes e moças, subiram ao tablado. Como os discípulos, usavam túnicas, mas não eram discípulos: eram o coro. Logo começaram a entoar cânticos religiosos, que a plateia acompanhava, batendo palmas e cantando também.

Não vou negar: era emocionante ver aquela gente sofrida manifestando uma alegria que deveria ser rara em suas vidas.

Terminaram de cantar e aí fez-se silêncio. Silêncio completo, só interrompido pelo chorinho de uma criança, no meio da multidão.

Entrou Jesuíno Pregador.

A reação das pessoas foi indescritível. Puseram-se de pé, aplaudindo, rindo, chorando, gritando — "Aleluia! Aleluia!" — enquanto ele, de pé no meio do tablado, cercado pelos discípulos e pelo coro, aguardava. Era uma figura impressionante, muito mais impressionante do que a descrição do jornal faria pensar: um homem magro, a cabeleira negra revolta, a barba, também escura, chegando ao peito, e a túnica preta... Era como se eu tivesse voltado no tempo e estivesse diante do Antônio Conselheiro.

Jesuíno ergueu os braços — e, de novo, fez-se silêncio. E aí ele começou a pregar. A voz impressionava: voz grave, de barítono, um tanto rouca — e a gesticulação também era a de um orador. O que dizia não era muito diferente de pregações semelhantes que eu ouvira, até pelo rádio: "o fim está próximo", "o pecado invade o mundo", "arrependei-vos"... Havia, contudo, um componente original nessa mensagem. Ele recomendava que as pessoas se unissem, que se ajudassem umas às outras, que formassem uma comunidade. E suas palavras eram escutadas com enlevo e até com adoração por aquela gente humilde.

— Não admira que o cara tenha tanta popularidade — comentou baixinho o Gê. — Ele dá esperança a essas pessoas.

Quando terminou, Jesuíno empunhou um grande crucifixo e desceu do tablado. Imediatamente formou-se uma fila, muito bem organizada. As pessoas chegavam junto ao Pregador, ajoelhavam-se, beijavam o crucifixo, recebiam uma bênção do homem, depositavam uma contribuição num cesto de vime e saíam. Chegou a vez da velhinha com quem tínhamos falado; e aí ela falou ao ouvido de Jesuíno, apontando para nós. O homem olhou-nos, disse qualquer coisa a um dos discípulos. Que de imediato veio em nossa direção.

— Deus do céu — disse Martinha, assustada —, acho que estamos metidos em confusão.

Mas não era isso:

— Mestre Jesuíno pede que vocês não vão embora — disse o homem, educadamente. — Ele gostaria de falar com vocês.

Esperamos mais um pouco. Finalmente, o Templo se esvaziou e o Pregador veio em nossa direção, todos nós muito tensos. De perto, contudo, o homem já não parecia tão imponente; na verdade era até magrinho, frágil. E foi amável:

— Bem-vindos a esta casa de oração — disse, sorridente.

Fez com que sentássemos num banco; olhou-nos, atentamente.

— É a primeira vez que vejo vocês por aqui. Devo imaginar que se tornaram crentes?

— Não é bem isso — disse Martinha, precipitadamente —, é que...

Ele a interrompeu, com um gesto bem-humorado:

— Sei, sei. Não precisa explicar. Posso imaginar a razão de vossa vinda.

(Aquele "vossa" soou imponente.)

— Talvez a curiosidade. Talvez um trabalho para o colégio. Vocês devem ser colegas de escola...

— Somos — eu disse. — Do Colégio Horizonte...

— Colégio Horizonte? Conheço. — E então algo lhe ocorreu e ele nos olhou, e em seu olhar havia uma estranha mistura de esperança e ansiedade. — Tem um rapaz que estuda no Horizonte —

Interrompeu-se:

— Não tem importância. Esqueçam. — Mudou de assunto: — Digam, então: qual o objetivo de vossa visita?

Pigarreando, Gê tomou a palavra. Não falou no Zé; em vez disso, começou a dar sua opinião sobre o que tinha visto ali no lugar. E aí se entusiasmou e lá pelas tantas era um discurso — que poderia até ofender o homem, Gê falando o tempo todo em crendices e superstições. Meio apreensivo, eu estava vendo a hora que os discípulos, alguns deles bem reforçados, iam nos tocar para fora a tapas; mas Jesuíno o ouvia com atenção, impassível.

— Você fala como um jovem descrente — disse, por fim. — E, como todos os descrentes, você é egoísta. Você, provavelmente, tem o que comer e o que vestir, você deve morar numa casa confortável; mas os moradores da Vila Buraco não têm nada. O que eu lhes ofereço é o infinito conforto da palavra divina. O que eu lhes ofereço é um caminho para que escapem à tentação do pecado. O que eu ofereço é a esperança da redenção — a redenção que virá no Juízo Final!

De repente, tinha se transformado por completo. Já não era o homem calmo e afável de momentos atrás. Agora, havia um brilho alucinado em seu olhar. Agora gritava e esbravejava — com tanta veemência que, sem querer, recuamos.

— Mas você — prosseguiu Jesuíno —, você está falando como quem renunciou à virtude. É a voz do demônio que eu ouço. Mas não vos enganeis: ardereis nas chamas do inferno! E agora, ide!

Não é preciso dizer que imediatamente batemos em retirada — seguidos pelos discípulos, que seguramente queriam estar certos de que deixaríamos o Templo. Precaução que não era nem um pouco necessária: ali não ficaríamos nem mais um segundo.

Andamos uns duzentos metros e chegamos ao lugar onde tínhamos encontrado a velhinha. Ali nos detivemos, ofegantes. Eu estava furioso com o Gê:

— Só você mesmo para provocar o cara daquele jeito. Você não viu que o sujeito é perturbado?

Ele também estava indignado:

— Perturbado ou não, isso é problema dele, Gui. Agora, enganar esse povo com aquela conversa de virtude e pecado — essa não! Essa eu não engulo de jeito nenhum! O Conselheiro era um líder — esse cara é um enganador!

— Enganador para você. Para o pessoal daqui do Buraco, o Jesuíno é importante.

A discussão prosseguiu por uns bons cinco minutos, até que Martinha deu um berro:

— Chega! Chega desse bate-boca!

Olhou-nos, furiosa:

— Caso vocês tenham esquecido, deixem-me lembrá-los: nós não viemos aqui para discutir o que faz o Jesuíno, nós viemos aqui para achar o Zé! O nosso amigo Zé, que está numa pior!

Olhamo-nos, atônitos: verdade, tínhamos até esquecido o Zé. E precisávamos encontrá-lo. Mas como?

De novo começamos a trocar palpites, e ninguém se entendia. E aí Martinha o viu. Viu o Zé.

Por acaso, inteiramente por acaso. Ele estava passando por uma daquelas ruelas, talvez indo para casa. Ia, como de costume, de cabeça baixa, mergulhado em seus pensamentos. Martinha não se conteve, gritou:

— Zé! Zé! Estamos aqui!

A primeira reação dele foi de susto. Imobilizou-se, como um bicho acuado. Mas então avistou Martinha. Hesitou um instante, e aí, como que impulsionado por uma mola, veio correndo em direção a ela, e os dois se abraçaram, ela em prantos. Nós observávamos a cena e eu confesso que estava bastante emocionado. O Gê também, aliás. Mas ele não deixava de ser o líder. Dirigindo-se ao Zé, intimou-o, ainda que afetuosamente:

— Você não pode abandonar o colégio. Ainda mais por causa de uma besteira, de uma bobagem que aquele Queco disse a você. O cara fala por falar, é um idiota. Você tem de dar a volta por cima! Mesmo porque, sem você, o colégio não é a mesma coisa.

Zé, cabeça baixa, não dizia nada, só escutava. Martinha colocou a mão no ombro dele:

— E não esqueça que nós temos uma tarefa para terminar: apresentar aos nossos colegas a figura de Antônio Conselheiro. Estamos quase no fim, lembra? Eu agora quero dar a redação final ao texto. Mas não vou fazer isso sem você. Você é importante, Zé.

Ele olhou-a, e seu rosto resplandecia:

— Mesmo? Eu sou importante, Martinha?

Ela riu:

— Claro que é, seu bobo. Você é importante para os seus colegas, para os seus professores.

Uma pausa, e acrescentou:

— E para mim, claro.

Emocionado, ele baixou os olhos. Quando levantou a cabeça, tinha tomado a resolução:

— Amanhã de manhã estarei na sua casa, na hora de costume, para a nossa reunião.

Martinha exultou:

— Grande, Zé, eu sabia que podia confiar em você, você é um grande cara, eu adoro você.

— E tem mais — disse ele. — Até agora, o trabalho foi todo de vocês, eu praticamente não fiz nada. Mas agora quem vai falar sobre Canudos sou eu. De acordo?

Claro que estávamos de acordo.

— É tarde — disse ele. — Acho melhor vocês voltarem para casa.

Mas Gê ainda queria conversar, queria contar ao Zé sobre o encontro que tivéramos com o Jesuíno Pregador, queria saber a opinião dele acerca do homem:

— O que é que você acha do cara?

O rosto do rapaz toldou-se instantaneamente.

— Desculpe — ele disse, seco —, mas não quero falar sobre esse assunto.

— Por que não? — Gê, surpreso.

— Porque não. Por favor, não perguntem. E agora, vão.

Virou as costas e sumiu num beco. Nós ficamos ali parados, surpresos — e consternados.

— Confesso que não entendi — disse Gê. — Você sabe por que ele ficou contrariado, Martinha?

Ela não respondeu. "Acho melhor irmos embora", disse, e fomos embora.

Cheguei em casa tarde. O que me valeu uma repreensão de mamãe, que me esperava acordada. Repreensão que aceitei feliz: é bom ter mãe que espera por nós. Mesmo repreendendo.

• 11 •

O fim de Canudos

Quando acordei, na manhã seguinte, encontrei papai na cozinha, tomando café. Perguntei por mamãe.

— Saiu cedo. Foi ver um paciente que não está bem. — Tomou um gole de café. — E você? Onde é que você estava ontem à noite? Você não veio jantar, nem telefonou. Ficamos preocupados.

Contei que tínhamos ido ao Buraco, atrás do Zé.

— Um belo gesto — disse ele. — Mas convenhamos que aquele não é exatamente um bom lugar para vocês irem. Especialmente nesta situação.

— Bom, a Martinha achou que não havia outra alternativa. Falando em situação, como é que estão as coisas?

Balançou a cabeça, amargo:

— Difíceis. O prefeito continua pressionando. Quer que eu bote o tal Jesuíno atrás das grades. Diz que, se eu não tomar essa iniciativa, vai chamar a polícia militar para fazê-lo. O que, no meu entender, é capaz de aumentar o conflito... Estamos nesse impasse. Mas interroguei pessoas e já descobri algumas coisas.

— Que coisas?

Ele sorriu:

— Como você é intrometido, Gui. Cuide do seu trabalho sobre Antônio Conselheiro e deixe que eu faço o meu.

Levantou-se:

— Desculpe, mas eu tenho de ir.

Olhou-me demoradamente e, num impulso, beijou-me. Coisa que raramente fazia: era um grande pai, ele, mas talvez por causa de sua atividade aprendera a não externar emoções. Se o fizera naquele momento, devia ser por alguma razão muito especial. Que certamente tinha a ver com a angustiante situação que estava vivendo.

Terminei de tomar o café, lavei a louça — era uma regra lá em casa: o último a sair tinha de deixar tudo em ordem — e fui para o apartamento da Martinha.

Encontrei-a ansiosa:

— O Zé ainda não apareceu. Será que ele vem?

Olhei o relógio:

— Ainda é cedo. Daqui a pouco ele chega. — E acrescentei, em tom de brincadeira: — Você está ansiosa, mesmo. Tudo isso é paixão?

Ela ficou vermelha, o que não deixou de me surpreender: Martinha podia ser qualquer coisa, menos tímida. Era a primeira vez que eu a via enrubescer, o que me convenceu — eu acertara no alvo. Coisa que ela tratou de negar:

— Deixe de bancar o casamenteiro, Gui. Só estou preocupada porque nos comprometemos a apresentar este trabalho na Semana de Cultura e já não nos resta muito tempo. Por isso espero que o Zé não falte.

Justamente nesse momento soou a campainha. Era ele, pedindo desculpas pelo atraso:

— A gente que mora longe às vezes demora...

Cumprimentaram-se afetuosamente, os dois, mas — talvez por eu estar perto, certamente por eu estar perto — evitaram grandes arroubos de emoção.

— Vamos lá — comandou Martinha, para disfarçar o embaraço, um embaraço que era raro nela, e que era uma evidência de sua afeição pelo Zé.

Sentamo-nos.

— Hoje é tudo com você — eu disse ao Zé. — Espero que você tenha feito o dever de casa.

— Claro que fiz — foi a pronta resposta. — Fiquei até tarde trabalhando.

Abriu a mochila, tirou de lá um caderno — e um livro, encadernado e, pelo aspecto, velhíssimo.

— O que é isso? — perguntei, intrigado.

— Isto — respondeu, com evidente satisfação e até orgulho — é uma preciosidade, uma joia. Uma das primeiras edições de *Os Sertões*. Ganhei de presente de um parente que vendia livros usados, de porta em porta.

— Deve valer muito dinheiro...

— Não tenha dúvida. — Hesitou e fez uma pequena confissão: — Mais de uma vez minha tia sugeriu que eu o vendesse. Poderia ganhar uma boa grana — para comprar roupas, por exemplo. Mas não quero. Este livro é mais importante para mim do que roupa nova.

Colocou o livro sobre a mesa, com o maior cuidado, sentou-se, abriu o caderno e começou, num tom professoral que até me fez sorrir:

— Vamos ao nosso assunto, então. A gente tinha visto a terceira campanha contra Canudos, aquela do coronel Moreira César, que terminou com a vitória dos sertanejos. Essa vitória teve uma repercussão muito grande... Se vocês me dão licença, vou consultar minhas anotações.

Martinha e eu concordamos. Ele abriu o caderno — um caderno brochura, barato.

— Bem, então a expedição do Moreira César contra Canudos foi derrotada. Essa notícia repercutiu em todo o país. Como escreve Euclides, "era preciso uma explicação qualquer para sucessos de tanta monta". E a explicação apareceu: Canudos era só uma parte de uma grande conspiração contra a República. Dizia um jornal da época: "O monarquismo revolucionário quer destruir, com a República, a unidade do Brasil".

— Monarquismo revolucionário? Essa é boa! — comentou Martinha.

— O presidente, Prudente de Moraes, se manifestou: "Sabemos que por detrás dos fanáticos de Canudos trabalha a política. Mas nós estamos preparados, tendo todos os meios para vencer". Houve até manifestações de rua: no Rio de Janeiro, uma multidão atacou as sedes de jornais monarquistas, fazendo uma grande fogueira com móveis, livros, papéis. Mas Euclides não concorda com essa ideia da conspiração monarquista. Diz ele: "Canudos era uma tapera miserável, fora dos nossos mapas, perdida no deserto". Conselheiro era contra a República, mas os sertanejos não eram monarquistas nem republicanos; tinham ficado fora da evolução do país como um todo. Seu movimento era um protesto, reprimido pela força, cujo objetivo era mostrar "o brilho da civilização através do clarão de descargas".

— Bela frase — eu disse.

— E atual — completou Martinha. — Em muitos lugares do mundo você vê gente se revoltando contra aquilo que se chama de progresso ou modernidade. E como é que se revoltam? Se apegam às coisas do passado, à religião, aos costumes, às crenças. Porque não adianta nada eu dizer para um cara lá dos cafundós que computador é ótimo, se o cara não tem nem eletricidade. O resultado é que ele fica frustrado. E começa a dizer que computador, televisão, vídeo, tudo isso é coisa do demônio.

— Mas — emendou Zé — nem todos pensavam assim, no Brasil. Diz Euclides que, para muita gente... deixe-me procurar no livro... ah, sim, aqui está: para muita gente, "os sertanejos não eram um bando de carolas fanáticos, eram um exército instruído, disciplinado. Talvez até comandado por estrangeiros. Garantia-se: um dos chefes do reduto era um engenheiro italiano habilíssimo". Governadores, políticos, líderes em geral exigiam uma grande ação armada. Que ficaria a cargo do próprio Ministro da Guerra, marechal Machado de Bittencourt.

— Quase uma guerra civil... — observou Martinha.

— É. Trouxeram batalhões de todos os Estados: Rio Grande do Sul, Paraíba, Ceará, Bahia, Pernambuco... As tropas vinham para a Bahia e seguiam imediatamente para Queimadas. Foram organizadas em várias brigadas, cada uma com seu comandante. E, de várias localidades, convergiriam sobre Canudos. Isso tardou, porque foi necessário organizar os serviços de apoio: transporte, alimentação. E muitos soldados eram recrutas, tinham de ser treinados. Por fim, terminados os preparativos, as várias colunas avançaram sobre o reduto de Antônio Conselheiro. Encontraram os mesmos problemas das campanhas anteriores para locomoção: tendo de abrir caminho em meio à caatinga, progrediam lentamente. E aí apareceram os primeiros sertanejos, comandados por Pajeú, de quem já falamos. Atacavam e sumiam, atacavam e sumiam...

— Como se fosse uma guerrilha — observei.

— Isso mesmo. O objetivo dos jagunços era desmoralizar as tropas do governo. Que continuaram a marcha, chegando ao lugar onde os homens de Moreira César haviam sido massacrados. Ali estavam, conta Euclides, os esqueletos "vestidos de fardas poentas e rotas". Um desses esqueletos, decapitado, era o do coronel Tamarindo, ainda com luvas pretas sobre os ossos das mãos. Prosseguiram e chegaram ao morro da Favela, onde foram instalados os canhões. Que logo começaram a disparar sobre Canudos. No morro estava também a tenda do comandante da expedição, general Artur Oscar. Ele tinha dois problemas: primeiro, estava longe das outras brigadas. Segundo, e pior, caíra numa armadilha: o morro da Favela estava cheio de trincheiras de sertanejos. Dali eles atacaram à noite, e de novo pela manhã, matando dezenas de soldados e a metade dos oficiais. Outras brigadas vieram atacar os sertanejos e foram igualmente liquidadas. Parte da tropa estava cercada, como que prisioneira. E começava a faltar munição aos soldados. Vieram reforços, e a tropa, por fim, conseguiu avançar. Mas, quanto mais perto chegavam do arraial, mais feroz era a resistência, maior o número de baixas. Além disso, o alimento começava a escassear. Os chefes militares decidiram: o ataque a Canudos era urgente. Quase um mês havia se passado desde o início da campanha, e os sertanejos pareciam, na expressão de Euclides, até "revigorados". A ordem do dia daquele 17 de julho de 1897, que o Euclides transcreve no livro, dizia: "Valentes oficiais e soldados das forças expedicionárias no interior do Estado da Bahia! Desde Cocorobó até aqui o inimigo não tem podido resistir à vossa bravura (...) Amanhã vamos abatê-lo na sua cidadela de Canudos".

— Pelo jeito — disse Martinha —, esperavam um passeio.

— Mas não foi um passeio — disse Zé. — De jeito nenhum. Não foi um passeio. Começou com um grande assalto: 3.400 soldados "despencaram pelos cerros abaixo", nas palavras de Euclides. Os sertanejos, como antes, resistiram, atirando de suas trincheiras invisíveis ou mesmo resistindo dentro das casas, onde os soldados, famintos e sedentos, entravam em busca de comida e água. Às vezes, eram mortos até por mulheres: "velhas megeras", conta Euclides, "arremetiam contra os invasores num delírio de fúrias". Os soldados avançaram o que puderam, e por fim se detiveram. A tropa, diz Euclides, "conquistara um subúrbio diminuto da cidade bárbara e sentia-se impotente para ultimar a ação". As baixas haviam sido enormes, cerca de mil, entre mortos e feridos. A posição conquistada era precária. Como disse um dos chefes militares: "Um inimigo habituado à luta regular, que soubesse tirar partido de nossas desvantagens táticas, não teria certamente deixado passar esse momento" — isto é, não teriam deixado de liquidar as tropas do governo.

— E por que os homens de Conselheiro não fizeram isso? — perguntou Martinha.

— Porque, como diz Euclides, não eram tropas regulares, um exército: "o sertanejo defendia o lar invadido, nada mais". E estava disposto a resistir: "Canudos só seria conquistado casa por casa".

— Incrível essa capacidade de resistência... — comentei.

— Incrível mesmo. Euclides fala de um jovem prisioneiro que foi interrogado e que "a todas as perguntas respondia, automaticamente, com indiferença altiva: 'Sei não!'". Os soldados decidiram executá-lo e perguntaram-lhe como queria morrer. "De tiro", foi a resposta. Os sertanejos acreditavam que a alma de quem era executado à faca não subia ao céu. Mas à faca foi morto: cortaram a garganta dele. Antes de morrer, ainda gritou: "Viva o Bom Jesus!". Entre os soldados, o ânimo não era nada bom. Veio uma tropa de reforço, mais de mil homens, mas muitos ficaram pelo caminho. Alegavam doença, mas Euclides fala no medo que sentiam...

— Pelo jeito — observou Martinha —, as tropas do governo iriam ser derrotadas de novo.

— Foi o que as autoridades perceberam. Mesmo porque os sertanejos tinham passado para a ofensiva, atacando outras cidades. O Ministro da Guerra decidiu então assumir, pessoalmente, o comando das operações. Recomeçou o ataque, com os canhões bombardeando Canudos. No dia 6 de setembro, conseguiram derrubar as torres da igreja nova, a Igreja de Bom Jesus, que estava sendo construída sob as ordens de Antônio Conselheiro. Caiu inclusive o sino, que todas as tardes tocava a Ave-Maria para os fiéis do arraial. Foi uma perda simbólica: essa igreja representava muito para os fiéis. E foi uma perda estratégica, porque, do alto das torres, os sertanejos alvejavam os soldados. Ao mesmo tempo, as tropas tinham formado um grande semicírculo ao redor de Canudos. A sorte tinha mudado.

— E o Conselheiro? — quis saber Martinha.

— Morreu — respondeu Zé.

— Morreu? — Martinha, surpresa. — Eu pensei que ele tinha resistido até o fim...

— Não. Morreu. Morreu no dia 22 de setembro — completou Zé.

— E morreu de quê? — continuou Martinha.

— Diz Euclides que a causa da morte não foi bem esclarecida. Para uns resultou de complicações de um ferimento que ele tinha, causado por estilhaços de metralha. Para outros, foi uma "caminheira".

— O que é isso? — indaguei, intrigado.

— Diarreia. "Caminheira" é diarreia.

Aquilo era surpreendente.

— Mas bota ironia nisso — comentei. — O cara resiste a tudo e acaba morrendo de diarreia...

— Irônico mesmo. Mas os fiéis pensavam diferente. Para eles, diz Euclides, "Conselheiro seguira em viagem para o céu", onde pediria a ajuda divina, e retornaria com "milhões de arcanjos", cujas espadas de fogo acabariam com os soldados. A verdade, porém, é que o número de defensores de Canudos era cada vez menor, algumas centenas, talvez; e as tropas do governo contavam agora com 6.000 homens. No dia 1º de outubro começou o ataque final. Primeiro, o canhoneio. Depois, os soldados avançaram — e mais uma vez os sertanejos resistiram. As casas começavam agora a ser dinamitadas e queimadas com querosene. Mas delas saíam, muitas vezes feridos, queimados, os defensores do arraial, que "vinham matar os adversários sobre as próprias trincheiras", conta Euclides. No dia 2 de outubro, agitando uma bandeira branca, dois homens se aproximaram das linhas atacantes. Um deles era Antônio, conhecido como o Beatinho, auxiliar do Conselheiro. Contou aos comandantes militares que o seu chefe havia morrido e negociou uma rendição parcial. Foi até o que restava de Canudos e, diz Euclides, voltou uma hora depois, conduzindo "trezentas mulheres e crianças e meia dúzia de velhos imprestáveis". Até os soldados se comoveram: "Repugnava, aquele triunfo. Envergonhava". Mas, para Euclides, a rendição não passou de um truque: os jagunços livravam-se assim das mulheres, das crianças, dos velhos, que atrapalhavam a luta. O que ele não diz é que os prisioneiros foram, no dia seguinte, degolados. A imprensa toda calou a respeito. A verdade, porém, é que no dia 3 de outubro Euclides da Cunha já não estava em Canudos.

— Não estava? — estranhou Martinha.

— Não. Ficou doente e foi embora. Não voltou mais.

— E o livro?

— O livro ele escreveu mais tarde, em São Paulo. A verdade é que a vivência de Canudos foi, para Euclides, uma experiência importante — como se ele estivesse descobrindo um Brasil que não conhecia. Aliás, depois disso ele viajou de novo, mas pela Amazônia.

— E escreveu sobre a viagem, decerto...

— Sim. De novo, falou dos sertanejos, dessa vez daqueles que tinham ido do Nordeste em busca de trabalho nos seringais do Acre, onde eram tratados quase como escravos. Àquela altura Euclides já era famoso, já tinha entrado na Academia Brasileira de Letras. Mas morreu em 1909, num tiroteio com o cadete Dilermando de Assis, amante da mulher dele. Aliás, sete anos depois, Dilermando matou também Euclides da Cunha Filho, o filho predileto do escritor, que tinha jurado vingar a morte do pai...

— Ou seja — disse Martinha, impressionada —, não era só no sertão que havia violência...

— Claro que não. Mas, voltando ao final da campanha, vou ler o que Euclides escreve: "Não há relatar o que houve a 3 e a 4. A luta, que viera perdendo dia a dia o caráter militar, degenerou (...) Sabia-se de uma coisa única: os jagunços não poderiam resistir por muitas horas". Mas resistiram: de dentro de uma trincheira, em meio a um monte de cadáveres, vinte jagunços atiravam ainda. É por isso que, ao terminar o seu livro, diz Euclides: "Canudos não se rendeu. Exemplo único em toda a História, resistiu até ao esgotamento completo". Os últimos defensores foram mortos no entardecer do dia 5: um velho, dois homens, uma criança. No dia 6 terminou a destruição do arraial. Não sobrou nenhuma das 5.200 casas. Nesse mesmo dia foi encontrado o cadáver de Antônio Conselheiro, ainda vestindo o hábito azul. Foi fotografado. Escreve Euclides: "Lavrou-se uma ata rigorosa firmando sua identidade: importava que o país se convencesse bem de que afinal estava extinto aquele terribilíssimo antagonista. Restituíram-no à cova. Pensaram, depois, em guardar a sua cabeça tantas vezes maldita". Foi cortada e levada para Salvador, onde ficou uns tempos em exibição — depois foi entregue a médicos para ser estudada.

Durante uns minutos ficamos ali, sem conseguir falar, pensando na história que tínhamos ouvido. E quando Martinha falou, disse exatamente o que eu estava pensando:

— Eu só espero que esse Jesuíno Pregador não termine como o Antônio Conselheiro.

Fez-se silêncio. E, de repente, Zé caiu em prantos. Chorava convulsivamente, sem sequer enxugar as lágrimas que lhe lavavam o rosto, enquanto nós o olhávamos sem entender. Martinha, consternada, abraçou-o:

— Desculpe, Zé, se eu disse alguma coisa inconveniente...

— Você não disse nada inconveniente — soluçou ele. — Nada, nada inconveniente. É que você não podia saber, compreende? Você não tem culpa. Você não podia saber.

— Não podia saber o quê? — ela, cada vez mais intrigada e angustiada.

Ele parou de chorar, ficou um instante em silêncio. Depois nos olhou:

— Jesuíno Pregador é meu pai.

De novo o silêncio, tenso, espantado, silêncio.

— Seu pai? — perguntei. — Como é possível? Você já estava aqui quando ele chegou...

— Pois é. Ele veio atrás de mim.

Ainda soluçando, contou sua história:

— O nome dele é Jesuíno Gonçalves. Nasceu e viveu no sertão; era dono de uma pequena fazenda, que, em sua família, passara de pai para filho. Um homem simples, meu pai. Conheceu minha mãe numa viagem que fez a Salvador. Era uma moça linda, ela, uma mulata alta. Todo o mundo achava aquele casamento meio estranho, mas o fato é que minha mãe deixou a cidade e veio com ele para o sertão, onde nasci. Quando eu tinha uns sete anos, ela disse que estava cansada daquela vida; queria que meu pai vendesse a fazenda e que nos mudássemos para a cidade. Ele não quis, ela acabou nos deixando e voltou para Salvador, onde morreu, um ano depois. Assassinada.

Calou-se um instante, como que para recobrar forças, e depois continuou:

— Meu pai, como vocês podem imaginar, ficou arrasado. E foi se tornando esquisito. Nisso, ele não era o único da família; um irmão dele, meu tio, tinha sido internado várias vezes por doença mental. De qualquer jeito, porém, papai continuou trabalhando na fazenda e cuidando de mim, o que fazia com a ajuda de uma velha empregada. Eu frequentava a escola numa vila próxima, e ele me estimulava muito a ler: "Aqui na nossa casa", dizia, "pode faltar qualquer coisa, menos livro, porque o livro é a chave para o mundo da cultura". Ele próprio lia muito. No começo, literatura em geral, depois coisas religiosas, místicas. Profecias, como as do Antônio Conselheiro. Cuja vida conhecia a fundo.

Nova interrupção; era-lhe difícil falar, via-se:

— Bem ou mal, a gente ia vivendo, quando sofremos novo golpe. Um dia apareceram uns caras lá na fazenda. Disseram que uma grande represa ia ser construída na região, a represa de Mar-de-Dentro, e que nossas terras seriam inundadas — teríamos de sair dali. Meu pai ficou furioso; correu com os caras a facão. Todos os vizinhos se mudaram, nós ficamos. Até a polícia apareceu por lá; o delegado tentou convencê-lo a deixar a propriedade. Meu pai não quis saber. E um dia acordamos com água dentro de casa: era a represa que começava a encher. Tivemos de sair às pressas, fomos para a casa de um parente. Uma noite, meu pai acordou, gritando: "O sertão vai virar mar! O sertão vai virar mar!". Estava tão agitado que tiveram de amarrá-lo na cama. De madrugada eu cortei as cordas. Não me reconhecia, talvez por causa de um remédio que tinham lhe dado. Gritava: "Sai daqui, demônio, sai daqui". Bateu-me com tanta violência que me quebrou um braço. Acabaram levando-o para o hospício. Eu tinha dez anos, e nunca mais o vi. Depois de uns anos, esse meu parente morreu, e eu vim morar com minha tia, aqui no Buraco.

Tirou do bolso um lenço, assoou o nariz, e continuou:

— Aí ele apareceu aqui. Agora já era o Jesuíno Pregador. Depois de sair do hospital, vagou pelo sertão da Bahia, pregando e rezando. Mas então descobriu onde eu estava e veio atrás de mim.

— E você? — Martinha, ansiosa.

— Eu não quis saber dele. Não podia, né, Martinha? Para mim, ele ainda era aquele demônio louco. Ele então disse que não iria embora enquanto eu não o aceitasse como pai. Ficou lá no Buraco, criou uma seita... O resto vocês sabem.

Ficamos em silêncio, em profundo silêncio.

Martinha ia dizer qualquer coisa, mas não chegou a falar. A porta se abriu e Rafaela entrou como um pé de vento. Ao me ver, abriu os braços:

— Graças a Deus você está aqui! Ai, Gui —

Interrompeu-se, e era impressionante a sua palidez.

— Mas o que foi que aconteceu? — perguntei, assustado de verdade.

Ela me olhou, consternada.

— Ai, Gui, lamento dizer isto. Seu pai foi sequestrado, cara.

— Sequestrado? — Saltei da cadeira, apavorado. — Onde, Rafaela? Por quem? Fala, pelo amor de Deus!

— Foi aquele homem...

— Que homem?

— O tal que faz rezas...

Quase caí para trás:

— O Jesuíno Pregador?

— Esse mesmo. O Pregador.

— Mas como? Por quê?

Martinha trouxe um copo d'água para a irmã. Rafaela bebeu de um sorvo só e contou:

— Seguinte. Ontem de noite o prefeito resolveu chamar a polícia militar para prender o tal Jesuíno. Disse na rádio que teria de fazer isso, que se tratava de um pedido do Fernando Nogueira e de outras pessoas importantes. Aparentemente, seu pai nada tinha a ver com o assunto. Aí as guarnições — três — foram até o Buraco, mas não encontraram o Jesuíno. Ele tinha saído com uns homens dele, os tais discípulos. Foram para a casa do Fernando Nogueira, conseguiram entrar — e fizeram toda a família refém, inclusive o Queco. Seu pai, Gui, soube do que tinha acontecido, foi à casa do Fernando e tentou negociar com o sequestrador. O Jesuíno disse que soltaria a família se seu pai ficasse como refém. Ele aceitou.

A polícia militar cercou o lugar, ameaça invadir a qualquer momento... Um horror, um horror.

Corri para a porta, seguido do Zé e da Martinha, que gritava "Esperem por mim, esperem por mim".

A casa dos Nogueiras ficava a três quarteirões dali. Quando cheguei, senti meu coração parar.

Diante da casa — aquela enorme mansão, com um jardim na frente — já havia uma multidão, contida por um cordão de isolamento colocado pela polícia. Várias viaturas ali, inclusive da polícia militar, e dezenas de soldados armados. A custo, infiltrei-me entre as pessoas, que afinal me reconheceram — "É o Gui, o filho do delegado, deixa ele passar". Consegui chegar até o cordão de isolamento, e ali estava minha mãe, amparada pelo Pedro, o delegado auxiliar. Quando me viu, abraçou-me, soluçando:

— Ai, meu filho, que desgraça, que desgraça...

A custo contendo-me — naquele momento, e mais do que nunca, eu precisava de meu equilíbrio —, perguntei a Pedro como estava a situação.

— Difícil dizer — foi a resposta. — Em geral sequestradores pedem dinheiro, transporte. Esse aí não pediu nada. E ainda não falou com a gente. Tem um cara aí, da polícia militar, que é especialista em sequestros, e fez uma ligação pelo telefone, mas, pelo jeito, o tal Jesuíno cortou a linha. Ninguém responde.

— E quantos são os sequestradores?

— É só ele. Mandou que os outros se entregassem, e ficou sozinho lá, com o seu pai. Agora: está armado, e muito bem armado. Pelo menos duas pistolas, segundo os caras que saíram. Ou seja: é um perigo, mesmo.

— Por favor, Pedro, faça alguma coisa — implorou mamãe.

Pedro olhava-nos, e mostrava desespero em seu olhar: não havia nada a fazer.

— Eu posso ajudar — disse uma voz, atrás de mim.

Era o Zé. Por incrível que pareça, naquela aflição, eu havia esquecido completamente dele. Mas a sua presença deu-me uma nova, talvez absurda, esperança:

— Este aqui, Pedro, é o Zé...

— Eu conheço.

— Eu sei que você conhece. Mas o que você não sabe é que ele é filho do Jesuíno Pregador.

A boca de Pedro se abriu, de espanto:

— O quê!? Você é filho do Jesuíno? E como é que ninguém sabia?

— Isso não vem ao caso, Pedro — eu, nervosíssimo. — O importante é que ele é filho, e pode ajudar.

— Claro, claro — apressou-se Pedro a dizer. — Vamos ver como podemos fazer isso...

Mal tinha terminado de dizer a frase, a porta se abriu.

Fez-se silêncio. Um enorme, tenso silêncio.

Meu pai apareceu. Atrás dele, o Jesuíno, uma pistola em cada mão. Os dois ficaram na entrada da casa, uma imponente entrada, guarnecida de altas colunas.

Por uns momentos ficou parado. Agora, mantinha uma das pistolas apontada para papai, que estava imóvel, fisionomia impassível — apesar de tudo, sabia se controlar.

Jesuíno olhava para a multidão, mas era como se não visse ninguém. De repente começou a falar:

— "O sertão vai virar praia", eles disseram. Os cínicos, os hipócritas. Eles roubaram a profecia, irmãos. Roubaram a profecia de nosso mestre Antônio Conselheiro. E para que, irmãos? Para seu próprio proveito. Para ganhar dinheiro. Para construir casas como esta em frente a qual me encontro, casas de luxo e de luxúria, casas onde reina o pecado. Mas eles não prevalecerão, irmãos. Porque o sertão vai virar praia, sim. Não a praia deles. A praia de Deus. O mar vai cobrir tudo e, como diz o Livro, o espírito de Deus caminhará sobre as águas.

O sertão vai virar mar! Arrependei-vos, irmãos! O fim está próximo! Vamos todos morrer, a começar por mim próprio!

Com meu pai ainda na mira, apontou uma pistola para a própria cabeça.

— Não! Não faça isso!

Era o Zé.

Antes que alguém pudesse detê-lo, passou pelo cordão de isolamento, passou pelos policiais — que ficaram paralisados de espanto — e correu para a entrada da casa:

— Sou eu, papai! O seu filho!

Por um momento, Jesuíno fitou o rapaz, sem compreender. E então os dois se abraçaram. Nós podíamos ver os corpos de ambos, sacudidos pelos soluços. Mansamente, sem encontrar resistência, papai tirou as armas de Jesuíno. E depois disse aos dois:

— Vamos, gente. Vamos sair daqui. Vamos para um lugar onde vocês possam conversar.

E foram. Aos poucos o pessoal da cidade — todo o mundo ainda comentando o ocorrido — foi se dispersando também.

Fernando Nogueira levou-nos de carro, a mim e a mamãe, para casa. Queco foi conosco. Comovido:

— Seu pai foi um herói, Gui. Um verdadeiro herói. Ele nos salvou. Nós estávamos muito nervosos, e se tivéssemos feito alguma bobagem, a coisa teria terminado muito mal.

Pensou um pouco e acrescentou:

— E o Zé... Cara, que grande sujeito, ele. E como eu estava enganado, cara. Como eu estava enganado.

• 12 •

Ainda existem histórias que terminam bem?

Parece que sim, não é? Parece que sim. Pelo menos esta história terminou bem.

Naquele dia, e nos dias seguintes, meu pai conversou longamente com Jesuíno Pregador. Ajudado pelo Zé — que mudara completamente; agora, decidido a cuidar do pai, parecia enérgico, resoluto —, conseguiu convencer o homem a aceitar tratamento psiquiátrico. Um tratamento que durou tempo e deu bons resultados: depois de cumprir pena pelo seu ato, foi posto em liberdade. Ele e Zé moram hoje num sítio — doação de amigos de meu pai — e lá eles cultivam cactos exóticos. Com êxito: exportam para vários lugares do país e até para o exterior.

O pessoal da Vila Buraco ficou surpreso com o que havia acontecido. Alguns se mostraram francamente revoltados, achando que tinham sido traídos pelo Jesuíno. Fizeram protestos, ameaçaram até com um quebra-quebra na cidade. Mas aí o padre Lucas entrou em ação. Esse jovem sacerdote havia se tornado conhecido em Sertãozinho por seu trabalho social: por exemplo, organizara os recolhedores de materiais recicláveis sob a forma de uma cooperativa, que agora prestava serviços para a prefeitura. O padre Lucas, porém, nunca havia trabalhado com a comunidade do Buraco. A pedido de várias pessoas do lugar, decidiu fazê-lo. E deu muito certo; as pessoas sentiam-se gratas pelo fato de ter alguém junto a elas e colaboravam com a maior boa vontade. Padre Lucas evitava falar sobre o Jesuíno; contentava-se em dizer que o homem tinha feito coisas boas, e que essas coisas precisavam ter continuidade.

Duas semanas depois do episódio do sequestro, realizou-se a Semana de Cultura e, nela, o debate sobre Antônio Conselheiro. Martinha, Zé e eu fizemos o resumo de *Os Sertões*, que foi distribuído uns dias antes. Ficou muito bom — até fotos tinha — e terminava, a pedido da Cíntia, com um conselho: "Você leu o resumo, agora leia o original".

O debate começou às quatro da tarde de um sábado. O auditório do colégio estava lotado; alunos e professores vieram em peso, e também muita gente da comunidade. Até o prefeito estava presente. Papai e mamãe não faltaram, claro. Aliás, quando papai entrou, foi saudado com uma salva de palmas.

No palco havia uma mesa e duas tribunas. Na mesa, a diretora do colégio, professora Arlete, e o Armando, coordenador do debate. A diretora disse que aquele era um grande momento para o Horizonte, um momento em que os alunos mostrariam como é possível extrair lições do passado. Armando explicou as regras do debate: das tribunas, Queco e Gê defenderiam pontos de vista diferentes. No final, a palavra estaria à disposição. E chegaríamos a uma conclusão através de voto.

Queco falou primeiro. Para ele, Antônio Conselheiro era o Brasil velho, o Brasil retrógrado, o Brasil das crendices — oposto ao Brasil moderno. E, para comparação, citou o acontecido em Mar-de-Dentro:

— Uma grande represa foi construída lá. Muita gente achou um absurdo, muita gente protestou. Mas a represa diminui os problemas da seca. Além disso, faz funcionar uma usina elétrica, que fornece energia, que permite o funcionamento de fábricas, que dá emprego a muita gente...

Gê, por sua vez, disse que ninguém era contra o progresso. Mas uma coisa é o progresso e outra é respeitar os direitos das pessoas:

— Os que me conhecem sabem que eu nunca apoiaria um líder tipo Antônio Conselheiro. Agora: temos de reconhecer que Canudos preenchia uma necessidade na vida dos sertanejos pobres, desamparados. Não era só uma questão de religião. Em Canudos, havia trabalho, inclusive para os negros e para os índios. Em Canudos havia uma escola. Em Canudos eram proibidos o álcool e a prostituição. Não é de admirar que o pessoal fosse para lá em massa. Canudos chegou a ter 25 mil habitantes — era a segunda maior cidade da Bahia, perdendo só para Salvador. Agora: qual foi a atitude das autoridades diante desse movimento? Repressão violenta. Uma guerra que durou um ano e mobilizou dez mil soldados e terminou em massacre: não sobrou ninguém vivo em Canudos.

Depois que falaram, a palavra foi colocada à disposição do público. Muita gente queria falar, e o Armando até teve certo trabalho para controlar o tempo, mas todos se manifestaram. Já íamos passar à votação quando, lá do fundo, alguém falou:

— Eu queria dizer algumas palavras.

Voltamo-nos. Era o Jesuíno. Não o tínhamos visto entrar, e se tivéssemos visto, não o teríamos reconhecido: cortara o cabelo, aparara a barba, usava uma camiseta branca, *jeans* e um par de tênis. Acompanhava-o, mas dicretamente, um homem de avental branco: um enfermeiro do hospital psiquiátrico onde ele estava sendo tratado.

— Vá em frente — disse Armando, um tanto surpreso.

— Ouvi o que vocês falaram — disse Jesuíno, numa voz grave, profunda — e gostei muito.

Hesitou. Evidentemente, era-lhe difícil falar:

— Quero dar o depoimento de alguém que viveu uma situação angustiante. O Queco mencionou a represa de Mar-de-Dentro e disse que algumas pessoas foram contra.

Nova pausa.

— Bem, eu fui contra. Não contra a represa. Não contra a usina. O que me deixou indignado foi a maneira com que os responsáveis pela obra nos trataram, a mim e aos outros. Nós éramos simplesmente obstáculos que tinham de ser removidos. Mas aquelas terras, gente, eram a minha vida, a nossa vida. Não eram só uma fonte de sustento, eram a minha história, a história da minha família, uma herança que eu tinha de preservar.

Calou-se, ofegante: era visível o esforço que tinha feito para dizer aquelas coisas.

— Mas os homens — prosseguiu — não estavam interessados nisso. Limitaram-se a me oferecer uma indenização — ridícula, aliás. A outras pessoas eles enganaram, dizendo que a represa seria um polo de atração turística, que traria muito dinheiro para a região. Até distribuíram uns prospectos coloridos, mostrando uma praia com coqueiros e tudo e os dizeres: "O sertão vai virar praia — uma praia elegante, uma praia da moda". A gente ali lutando pela sobrevivência e aqueles homens falando em praia da moda. Vocês podem imaginar algo mais desrespeitoso?

Respirou fundo, murmurou alguma coisa, como se estivesse falando sozinho: era evidente a sua perturbação. Mesmo assim, e fazendo um visível esforço, continuou:

— A minha reação, reconheço, foi violenta: vocês mesmos são testemunhas disso. Eu estava doente, muito doente, e peço desculpas a todas as pessoas a quem, na minha loucura, agredi, a começar por meu filho, de quem tanto me orgulho e de quem este colégio tão bem cuidou: obrigado, gente. Obrigado à direção, obrigado aos professores — o Armando, que aqui está, e que é um verdadeiro mestre, a Cíntia —, obrigado aos colegas do Zé, o Gê, o Gui, a Martinha. Eles foram mais do que amigos, foram irmãos, estavam do lado do meu filho no momento em que ele mais precisou, no momento em que cometi um erro terrível. Sei que vou responder na justiça pelo que fiz. E se tiver de pagar, pagarei. Eu só quero evitar que, no futuro, outros casos iguais ao meu aconteçam. Eu só quero evitar que surja um novo Antônio Conselheiro, um novo Jesuíno Pregador. Para isso, é preciso que a gente compreenda as pessoas, que a gente aceite as diferenças. É preciso que sejamos mais solidários. É preciso que sejamos irmãos. É preciso...

Interrompeu-se, soluçando. Um instante de silêncio — e aí, como se fosse uma coisa combinada, todos aplaudiram. Apoiado no enfermeiro, e no Zé, Jesuíno retirou-se, sempre sob aplausos.

E por fim veio a votação final. A pergunta era: "Se Canudos acontecesse hoje, você seria a favor de uma intervenção armada?" Recolhidos os votos e feita a apuração, Armando leu os resultados: 126 apoiariam uma intervenção armada, 584, não. De novo, uma chuva de palmas. E algumas vaias, claro.

Encerramos a Semana de Cultura com o Baile de Canudos. Baile à fantasia: uns vieram de sertanejos, outros de soldados, vários de Antônio Conselheiro. Foi um baile animadíssimo, começando com um forró como aqueles de antigamente — até o Zé dançou, com a Martinha.

E a festa terminou, claro, com um Carnaval. Dizem que no Brasil as coisas sempre terminam em Carnaval. Mas — no sertão ou na praia — é um grande jeito de terminar as coisas.

Outros olhares sobre *Os Sertões*

Gui e seus amigos descobriram muitas coisas sobre a trágica história real da comunidade de Canudos, que serviu de inspiração para Euclides da Cunha escrever Os Sertões. *Descubra agora como esta obra influenciou várias gerações de escritores, cineastas, dramaturgos e até hoje continua presente no cenário da produção artística brasileira.*

Das páginas para as telas, uma obra que não se rende ao tempo

Os Sertões conquistou enorme sucesso desde seu lançamento, em 1902, proporcionando ao autor a indicação para a Academia Brasileira de Letras e para o Instituto Histórico e Geográfico Brasileiro, em 1903. A obra máxima de Euclides da Cunha nasceu de uma reportagem para o jornal *O Estado de S. Paulo*, que em 1897 o enviou a Canudos, na Bahia, para a cobertura da campanha militar contra Antônio Conselheiro e seus seguidores. Após três anos de escrita (de 1898 a 1901), *Os Sertões* já não era apenas um relato jornalístico, mas uma obra única, repleta de informações, comentários e reflexões que denunciam as condições de vida das camadas mais pobres do sertão nordestino.

Capa da 1ª edição de *Os Sertões* (1902).

Capa da edição norte-americana (1984).

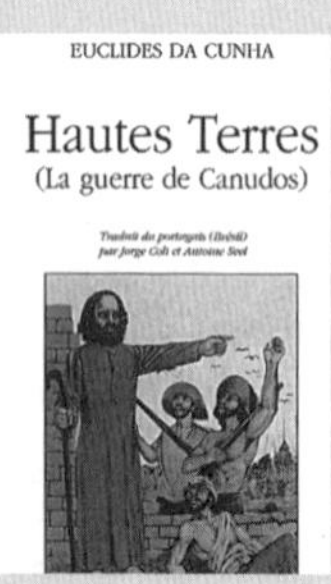

Capa da edição francesa (1993).

Há mais de cem anos a Guerra de Canudos coloriu de vermelho-sangue o árido sertão baiano. Mas foi nas explosões de branco e nas famosas imagens contra a luz de Glauber Rocha, um dos maiores cineastas brasileiros, que a carga dramática que envolveu o fato chegou com toda a sua intensidade às telas de cinema. O tema do messianismo, a religiosidade do sertanejo, a inclemência do sol, da miséria e da seca, a hegemonia dos coronéis e o descaso do governo e das autoridades receberam um tratamento singular, aclamado mundialmente, em *Deus e o Diabo na terra do sol* (1964) e em *O santo guerreiro contra o dragão da maldade — Antônio das Mortes* (1969).

Deus e o Diabo na terra do sol, filme de Glauber Rocha.

Em comemoração ao centenário de Canudos, em 1997, outra superprodução do cinema brasileiro chegaria às telas: *Guerra de Canudos*, do cineasta Sérgio Rezende. Épico de grande impacto visual, recria a fundação e destruição do arraial de Canudos a partir da história de uma família sertaneja que se une aos fiéis de Antônio Conselheiro e juntos tentam resistir aos vários ataques dos soldados.

Guerra de Canudos, filme de Sérgio Rezende.

A transposição do clássico de Euclides da Cunha, da estante para as telas, não parou por aí. São inúmeras as produções que, de forma direta ou indireta, abordam o tema:

- *Euclides da Cunha* (1944) — Documentário dirigido e apresentado por Carlos Gaspar, retrata a biografia do autor de *Os Sertões*, evocando a época em que viveu e, sobretudo, a Guerra de Canudos.

- *Antônio Conselheiro e Canudos* (1977) — Trabalho da Rede Globo, produzido para o *Globo Repórter*, aborda aspectos históricos e traz depoimentos de moradores da região de Canudos.
- *Canudos* (1978) — Dirigido por Ipojuca Pontes e narrado por Walmor Chagas, esse documentário apresenta depoimentos de remanescentes da guerra e de moradores da região do conflito.
- *Memórias de Deus e o Diabo em Monte Santo e Cocorobó* (1984) — Dirigido por Agnaldo Siri Azevedo, evoca os caminhos percorridos por Glauber Rocha, na região de Canudos, quando filmava *Deus e o Diabo na terra do sol*.
- *República de Canudos* (1989) — Premiado trabalho dos diretores Pola Ribeiro e Jorge Felippi, traz à tona a memória de Antônio Conselheiro, que resiste no cotidiano, na fantasia e até na forte religiosidade das comunidades sertanejas.
- *Desejo* (1990) — Minissérie produzida pela Rede Globo, acentua o aspecto trágico que envolveu a vida de Euclides da Cunha, quando sua esposa, Ana de Assis, passa a se relacionar amorosamente com um jovem oficial do Exército. O adultério culminaria no assassinato do escritor e, após, também de seu filho, que tenta vingar a honra da família.

Desejo, minissérie escrita por Glória Perez.

- *Paixão e guerra no sertão de Canudos* (1993) — Documentário de extraordinário sucesso de público e crítica, dirigido por Antônio Olavo e narrado por José Wilker, conta de forma aprofundada a epopeia sertaneja de Canudos.
- *A Matadeira* (1994) — Curta-metragem premiado, dirigido por Jorge Furtado, narra o massacre de Canudos a partir de um canhão inglês, apelidado pelos sertanejos de "A Matadeira".
- *Os Sertões* (1995) — Documentário produzido pela TV Cultura e dirigido por Cristina

Fonseca, faz uma reconstituição histórica da campanha de Canudos, com imagens do local e depoimentos de descendentes dos revoltosos, além da opinião de especialistas.

- *Canudos, uma história sem fim* (1996) — Produzido pelo Instituto de Radiodifusão Educativa da Bahia e TV Educativa, traz imagens do Arraial de Canudos, cenas do filme *Guerra de Canudos*, de Sérgio Rezende, e depoimentos de pessoas da região.

Das telas do cinema e da TV para as telas das artes plásticas

Se a epopeia de Canudos sempre apaixonou a opinião pública, não encantou menos os pintores e artistas plásticos. Há uma série de obras de arte que resultam de leituras de artistas consagrados. Muitas vezes, ao ilustrar o clássico, eles oferecem um novo olhar sobre *Os Sertões*. Destacamos alguns deles:

O escritor Napoleon Potyguara Lazzarotto, mais conhecido como Poty, foi convidado, em 1956, para ilustrar uma edição especial de *Os Sertões*. Destacou-se como um grande ilustrador não apenas do clássico de Euclides da Cunha, mas de primorosas edições dos principais expoentes da nossa literatura. Disse, um dia, o filólogo Antônio Houaiss a respeito de seu trabalho: "nunca a fusão verbo-ícone atingiu tão intrínseca adequação" quanto na obra de Poty.

Aldemir Martins, cearense nascido e crescido na região do cangaço, é outro grande artista brasileiro que voltou seu olhar para *Os Sertões*. "Com suas figuras ossudas, de cortes rasos e secos e nuances de cor, como disfarces contra a realidade

agreste dos sertões (...) obra sempre casada com seu chão, sua terra e suas origens", como observa Hélio Alves Neves, Aldemir trouxe toda a sua criatividade para as ilustrações da 27ª edição da obra de Euclides da Cunha.

Retratista fiel dos costumes, crenças e tradições do povo baiano, considerado por muitos o mais característico pintor das cores e da alma da Bahia, o argentino Carybé também emprestou sua criatividade para ilustrar *Os Sertões*. Com poucos e certeiros golpes de pincel, conseguiu resumir a messiânica figura de Antônio Conselheiro.

Canudos volta a levantar multidões: *Os Sertões* pede passagem

Não há dúvidas de que a história de Canudos já é uma paixão nacional. Em 1976, essa paixão se uniria a outra: o Carnaval. Os apaixonados pelo assunto sempre se lembrarão de um inesquecível samba nota 10 da escola de samba carioca Em Cima da Hora, intitulado "Os Sertões":

(...)

Foi no século passado
No interior da Bahia
Um homem revoltado com a sorte
Do mundo em que vivia
Ocultou-se no sertão
Espalhando a rebeldia
Se revoltando contra a lei
Que a sociedade oferecia

(...)

Mas essa não seria a única vez que a epopeia narrada por Euclides da Cunha se tornaria samba-enredo. Em 2001, uma escola de São Paulo, a Imperador do Ipiranga, levantou multidões das arquibancadas com o samba "Imperador da Velha República", tendo como destaque o carro alegórico da Revolta de Canudos.

Os versos do samba ressaltam a história dos primeiros anos da República e lembram os motivos que trouxeram à cena brasileira líderes como Padre Cícero, Lampião e Antônio Conselheiro.

E o sertão vai virar mar, na profecia e na canção

Quem já não ouviu a profecia de Antônio Conselheiro, de que o sertão viraria praia, popularizada na canção "Sobradinho", de Sá e Guarabyra?

(...)

E passo a passo vai cumprindo a
[profecia
Do beato que dizia que o sertão ia
[alagar
E o sertão vai virar mar lá no
[coração
Com medo que algum dia o mar
[também vire sertão

Outros grandes compositores e intérpretes de nossa MPB também se inspiraram na campanha de Canudos para suas canções.

Em 1978, no disco *Camaleão/Edu Lobo* da gravadora Philips, Edu Lobo interpretaria uma bela canção, de sua autoria em parceria com Cacaso, intitulada "Canudos". Através dos passos do beato Conselheiro, o retrato das crenças e descrenças do sertanejo:

(...)

Que horizonte mais
errante
Que crendice mais
descrente
Que descrença mais
distante
Que distância mais
presente
Desgoverno governante

(...)

Que vingança mais demente
Virgem santa decaída
Satanás onipotente
Baioneta faca cega
Parabelo bacamarte
Sofrimento que renega
Desavença que reparte
Entre Rios, Belos Montes
Que distância mais presente
Quanta gente confiante
Em Antônio Penitente

Em 1997 é lançado o CD *Canudos*, produzido pela CPC-Umes e distribuído pela Eldorado. Seu autor é o cantor, compositor e violonista Gereba, nascido na região do conflito. Nesse disco, cada música é uma cena, retratando a geografia, a cultura, as tradições e a sensível caracterização dos personagens do épico de Euclides da Cunha. "É o que Euclides da Cunha faria, se fosse músico", foi o que mais se ouviu na mídia, na época do lançamento do CD.

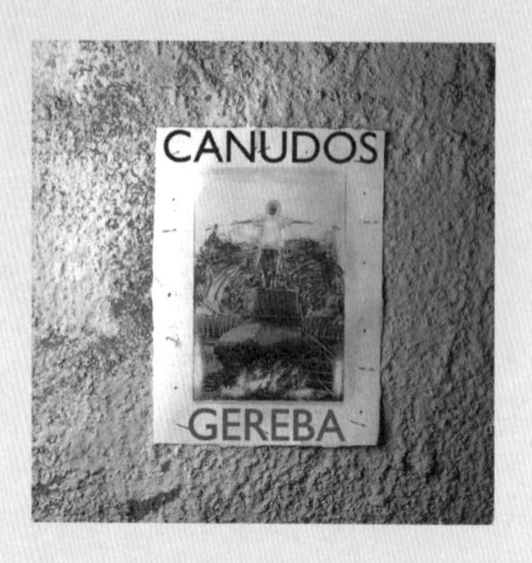

Eis algumas outras composições de músicos ilustres, disponíveis em CD, que têm como tema a epopeia de Canudos:

- "Monte Santo", de Hermeto Paschoal e João Bá. Disco *Lagoa da Canoa Município de Arapiraca* (Hermeto Paschoal, 1984). Gravadora Som da Gente.
- "Ladainha pra Canudos", de João Bá e Gereba. Disco *Carrancas I – II* (João Bá, 1994). Gravadora Independente.
- "Uauá" e "Canudos", de Tom Zé e Zé Miguel Wisnik. Disco *Parabelo* (Tom Zé, Zé Miguel Wisnik e Grupo Corpo, 1997). Produtora Grupo Corpo Música Instrumental.
- "Hora de Zumbi zanzar" e "Cercanias de Canudos", de João Bá e Hermeto Paschoal. Disco *Ação dos Bacuraus Cantantes* (João Bá, 1997). Gravadora Independente.

Outros olhares, outras leituras

Messias ou falso profeta, revolucionário ou louco, até hoje a figura de Antônio Conselheiro continua alimentando o imaginário e a religiosidade dos sertanejos, como atestam diversas publicações de literatura de cordel.

Mas não é apenas no imaginário dos sertanejos e nas linhas de cordel que Conselheiro e Canudos permanecem eternos. São inúmeras as publicações, literárias ou não, que resultam de releituras que seus autores fizeram de *Os Sertões*. Entre elas, três merecem destaque:

- *A guerra do fim do mundo*, de Mario Vargas Llosa, publicado pela editora Francisco Alves. Ficção em que o consagrado escritor peruano recria o universo de Canudos.
- *Canudos: a luta*, de José Guilherme da Cunha. Recriação,

em versos, da parte de *Os Sertões* referente à luta. Por esse trabalho, o autor recebeu o primeiro prêmio em concurso promovido, em 1989, pela Academia de Letras da Bahia.

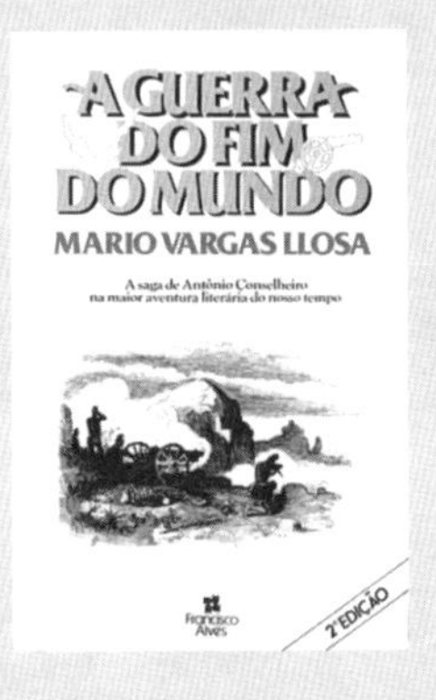

- *A guerra de Canudos*, de Francisco Marins, publicado pela Ática. Estudo histórico que reconstrói a vida dos seguidores de Antônio Conselheiro, os atritos com o Estado republicano e a destruição do Arraial de Canudos, através de uma criteriosa análise das fontes.

Pelo olhar dos fotógrafos, imagens tão ricas quanto palavras

A única fotografia de Antônio Conselheiro, tirada por Flávio de Barros em Canudos, em 6 de outubro de 1897, foi feita 14 dias após sua morte. Depois do laudo médico, o corpo foi decapitado e a cabeça enviada para Salvador.

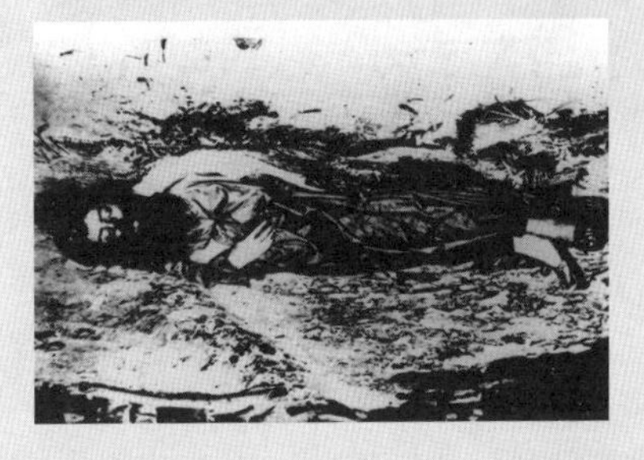

Em 1947, ano do cinquentenário da Guerra de Canudos, o fotógrafo e etnólogo francês Pierre Verger acompanhou o jornalista Odorico Tavares a Canudos para uma reportagem sobre o roteiro de Euclides da Cunha, a ser publicada na revista *O Cruzeiro*. Posteriormente, o trabalho, que contém imagens de sobreviventes da guerra, foi transformado no livro *Bahia, imagens da terra e do povo*, editado em 1951.

Existem vários outros trabalhos fotográficos que dialogam com *Os Sertões*. Dentre eles, merecem destaque:

• *Sertões: luz e trevas*, de Maureen Bisilliat (com textos de Euclides da Cunha). A fotógrafa visitou o sertão nordestino em 1980, em busca da paisagem e dos tipos humanos que povoam o texto de Euclides da Cunha.

• *Paisagens, impressões. O semi-árido brasileiro*, de Anna Mariani. Na voz da fotógrafa: "(...) neste ensaio estão serras, vales, brejos, areias, lajeados, caatingas, moradas, vaqueiros, plantações, cabras, chuvas, estios, floradas, céus, nuvens, manhãs, meios do dia e os extraordinários crepúsculos do sertão. Como pano de fundo, as pulsações de Euclides e Suassuna".

Como podemos notar, a história de Antônio Conselheiro e seus seguidores continua a ganhar mais e mais admiradores e influenciar tantas outras criações. Descobrindo um clássico como *Os Sertões*, homenageamos seu autor. Reconhecendo seu talento, educamos nosso olhar para uma literatura de qualidade.

DESCOBRINDO OS CLÁSSICOS

ALUÍSIO AZEVEDO

O CORTIÇO

Dez dias de cortiço, de Ivan Jaf

O MULATO

Longe dos olhos, de Ivan Jaf

CASTRO ALVES

POESIAS

O amigo de Castro Alves, de Moacyr Scliar

EÇA DE QUEIRÓS

O CRIME DO PADRE AMARO

Memórias de um jovem padre, de Álvaro Cardoso Gomes

A CIDADE E AS SERRAS

No alto da serra, de Álvaro Cardoso Gomes

O PRIMO BASÍLIO

A prima de um amigo meu, de Álvaro Cardoso Gomes

GIL VICENTE

AUTO DA BARCA DO INFERNO

Auto do busão do inferno, de Álvaro Cardoso Gomes

JOAQUIM MANUEL DE MACEDO

A MORENINHA

A Moreninha 2: a missão, de Ivan Jaf

JOSÉ DE ALENCAR

O GUARANI

Câmera na mão, *O Guarani* no coração, de Moacyr Scliar

SENHORA

Corações partidos, de Luiz Antonio Aguiar

IRACEMA

Iracema em cena, de Walcyr Carrasco

LUCÍOLA

Uma garota bonita, de Luiz Antonio Aguiar

LIMA BARRETO

TRISTE FIM DE POLICARPO QUARESMA

Ataque do Comando P. Q., de Moacyr Scliar

LUÍS DE CAMÕES

OS LUSÍADAS

Por mares há muito navegados, de Álvaro Cardoso Gomes

MACHADO DE ASSIS

RESSURREIÇÃO/A MÃO E A LUVA/HELENA/IAIÁ GARCIA

Amor? Tô fora!, de Luiz Antonio Aguiar

DOM CASMURRO

Dona Casmurra e seu Tigrão, de Ivan Jaf

O ALIENISTA

O mistério da Casa Verde, de Moacyr Scliar

CONTOS

O mundo é dos canários, de Luiz Antonio Aguiar

ESAÚ E JACÓ E MEMORIAL DE AIRES

O tempo que se perde, de Luiz Antonio Aguiar

MEMÓRIAS PÓSTUMAS DE BRÁS CUBAS

O voo do hipopótamo, de Luiz Antonio Aguiar

MANUEL ANTÔNIO DE ALMEIDA

MEMÓRIAS DE UM SARGENTO DE MILÍCIAS

Era no tempo do rei, de Luiz Antonio Aguiar

RAUL POMPEIA

O ATENEU

Onde fica o Ateneu?, de Ivan Jaf